敗者の歴史

伊東　祐朔

序文　岐阜大学名誉教授
近藤　真

文英清韓の絵　本文 P24

狆潜り　本文 P59

馬頭観音　本文 P159
（廃仏毀釈後、明治時代に再建）

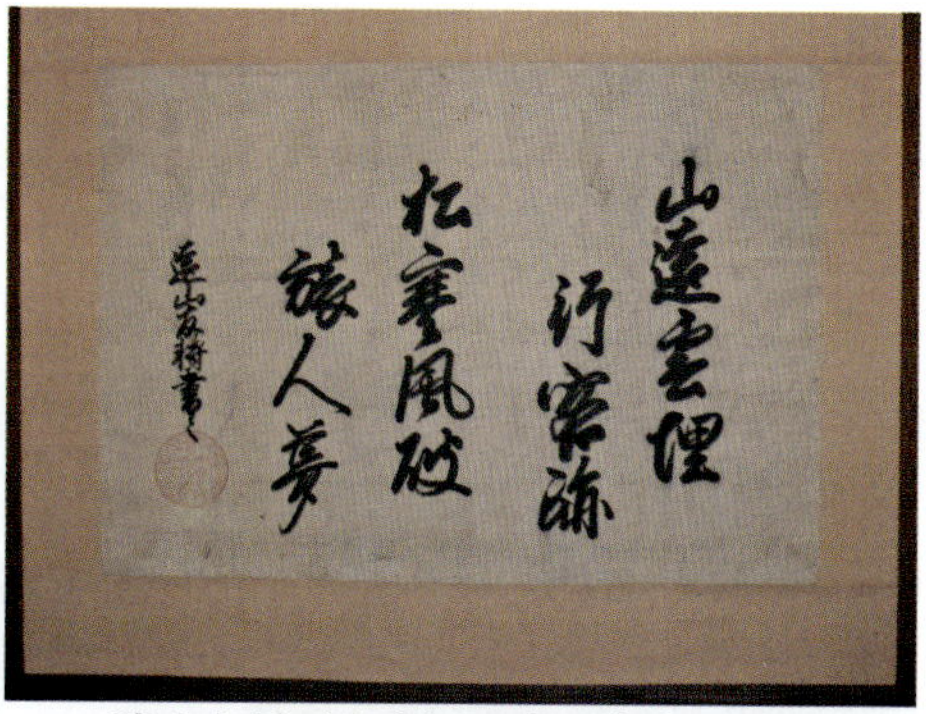

遠山友将（九才）の書　本文 P115

沖田（白髭神社遷宮により開墾）　本文 P170

飯地・伊東家　本文 P185

本家の右に倉が三棟、左に離れ座敷が一棟ありました。
尚、土蔵跡に管理小屋を建てました。

伊東祐朔著『敗者の歴史』への序文

豊臣家臣伊東一族のサバイバル‐関ヶ原の合戦から明治維新まで

岐阜大学名誉教授　近藤　真

伊東祐朔さんの伊東家のルーツをたどる時間旅行というべき歴史読本の5冊目、伊東祐朔著『敗者の歴史』が完成しました。前作の第四作の伊東祐朔著『子孫から見た「曽我物語」』と同様に今回も序文を書くように依頼を受けました。そこでも書いたのですが、私の専門は憲法学でしかも現在ニュージーランド学会の会長も務めるニュージーランド憲法の専門家です。歴史や文学の全くの門外漢の私が歴史文学の序文を書くなど皆さんに大変申し訳ないのですが、ここでは専門的な論評は書けませんので伊東祐朔作品の一人のファンとしてその楽しみ方を皆さんと共有できればと思い、ここに一筆したためるものです。

これまでの作品は、伊東家のルーツ四部作と言うべき歴史読本でした。この四部作の出発点は、恵那地方の明治の建築技術の粋を集めた文化財に匹敵する伊東祐朔さんの実家が辺境の飯地の山里になぜ存在しているのか、不思議に思った伊東祐朔さんがその謎を解くことから始まりました。

まず伊東祐朔さんが飯地伊東家の先祖を尋ねていくと、それは関ヶ原の合戦のときに豊臣方として戦って敗れた、宮崎県の飫肥（おび）城の城主の伊東家の一門にたどり着いたのでした。伊東祐朔さんの住む飯地は豊臣方家臣団の落人の隠れ里だったのです。こうして最初の著作、『豊臣方落人の隠れ里市政・伊東家日誌による飯地の歴史』ができたのです。ところで、関ケ原の合戦に際し、飫肥城の城主の伊東家は、息子兄弟を二手に分け、一方は豊臣方に味方し、他方は徳川方に味方して、どちらが勝っても家の存続が図れるように算段したのでした。かくして、飯地伊東家は、破れた豊臣方の家臣団として恵那の飯地に落ちのびたのですが、江戸時代の社会の表舞台に出ることもなく隠れ里で江戸三百年を生き延びることになりました。

つぎに伊東家の古文書を読み解いていくと、かくまってくれた苗木藩遠山家とそれに対立する隣の強力な尾張藩との間の国境紛争において苗木藩を支援して飯地伊東家が知恵を絞ってあの手この手で尾張藩の侵略を撃退していくという『小さな小さな藩と寒村の物語―徳川御三家・尾張藩六十二万石に隣接する』が伊東家のルーツの物語を描いた第二作目となりました。

さらに調べていくと、江戸三百年をつうじて隠れ里で生き延びることができた飯地伊東家に対しては、飫肥城伊東家が放置していたわけでもなく、物心両面での支援が江戸幕府の目を逃れて極秘裏に飫肥城から高野山を通じて差し伸べられたようなのでした。その飫肥城から出たもっとも有名な人物こそ歴史の教科書で皆さんも知っている「天正遣欧少年使節団の伊東マンショ」でした。キリシタンとして有名なその飫肥城伊東家の伊東マンショの数奇な生涯を描いたものが、第三作の『嵐に弄ばれた少年たち「天正遣欧使節」の実像』でした。そこでは、伊東マンショが、ヨーロッパへの往きのときは日本のキリスト教会から派遣された少年使節としてローマ法王と会い、帰りはキリシタン禁教令の下で、オランダからの政府使節として秀吉に会うという複雑な展開をたどり、伊東マンショのその高度な測量技術など西洋の知識・技術のゆえに秀吉は側近にしようとしましたが、伊東マンショはキリスト教の布教活動に専心したいと内心考えていたので、それを固辞したのでした。伊東マンショの最後は山口で布教活動していた時に帰らぬ人となるのですが、徳川時代に島原の乱以降の幕府のキリシタン禁圧により飫肥城伊東家は、家を守るためにキリスト教との関係を絶ち、伊東マンショの公式記録は跡形もなく飫肥城伊東家の歴史から消し去られていったのでした。

そして第四作の『子孫から見た「曽我物語」』は、飫肥城伊東家に至る伊東一族のルーツをさらにたどると鎌倉幕府源頼朝の家臣の伊東祐経にさかのぼり、その別名、工藤祐経を父親の敵として討ち果たそうとする、祐経の甥にあたる「曽我兄弟」の仇討という歌舞伎で知られた国民的物語を、飫肥城伊東家のルーツを探る研究において伊東家の家族内紛争ととらえて、その一部始終を眺めたものです。

　最後に伊東家のルーツをめぐるその作品群のその一貫したテーマは、源氏と平家、豊臣と徳川、天下統一を競う戦国の世にあって武士の運命に翻弄され、有力武将の合戦に次ぐ合戦の中で、伊東家一族を絶やさぬために一族同士があえて敵味方に分かれて殺し合わねばならない悲劇を描くことでした。真田親子が家門を守るために幸村兄弟を豊臣と徳川の敵味方二手に分けて関ヶ原に赴く宿命と同じですが、第五作目の『敗者の歴史』は豊臣方落人だった飯地の伊東家の関ヶ原の合戦から明治維新までのサバイバルの歴史を描き、明治時代につながる飯地の伊東家の地域における医者と紛争調停役としてのひそやかな縁の下の力持ち的な役割を確認したものです。

　私としては、前作の『子孫から見た「曽我物語」』の序文にも書きましたが、伊東先生にもう一作、明治維新から現代までの近代国家における飯地伊東家の物語を書いていただいて、伊東家の今日までの８００年に及ぶルーツを尋ねる時間旅行を完結させていただきたいと思います。それについては伊東祐朔さんによれば明治以降はまだ関係者が存命中で書くことが難しいと言われたのですが、私としては、やはりその第六作を、いつ発表するかはともかく、ぜひとも完成してほしいと思います。

つたない序文となりましたが、私の伊東家ルーツ五部作の楽しみ方の案内でした。皆様もそれぞれの楽しみ方を追求していただく際の一助となれば幸いです。では伊東祐朔さんのますますのご健勝とご活躍を祈ってペンを置きます。


（７ＯＣＴ２０１８　こんどうまこと）

目次

敗者の歴史

ひらがなのルビは、読み方としてお示しし、カタカナのルビの人名は実在を確認した方々です。

敗者の歴史

伊東 祐朔
序文 岐阜大学名誉教授
近藤 真

序章《プロローグ》　奢る三位入道・伊東義祐《ヨシスケ》

日向国《ひゅうがのくに》頂点に立った伊東義祐　従三位《じゅさんみ》　相伴衆《そうばんしゅう》

伊東祐清《スケキヨ》は血も情けも無い猛将として、一時期日向国《ひゅうがのくに》（現・宮崎県）に、四十八の城主として君臨していました。（伊東四十八城と呼ばれました）

中央政界との結びつきを求め、朝廷や幕府に対し、賄賂に次ぐ賄賂、賄賂攻勢で時の将軍・足利義晴《ヨシハル》より「義」の一字を偏諱され、伊東義祐《ヨシスケ》と改名していました。

賄賂の一例として、絹織物三万疋を贈っています。この絹織物三万疋と云うのは、大人六万人分の絹布を云います。

天文十三（一五四四）年、その褒章として朝廷から従三位《じゅさんみ》に叙せられ〝相伴衆《そうばんしゅう》〟の役職が授与されたのでした。

相伴衆と云うのは天皇や将軍の宴席に同席する名誉ある役職です。

役職柄、金閣寺での酒宴にも加わっております。

この瞬間こそが日向伊東家の登り詰めた頂点でした。

嫡男・歓虎丸《カンコマル》が急逝し、悲しみのあまり頭を丸め仏門に入った祐清（後の義祐）でしたが、その後従三位に叙せられ〝三位入道〟を名乗るようになりました。

彼の心が猛将・伊東祐清から、貴族・三位入道義祐へと激変した瞬間でした。

都於郡城《とのこおり》（現・宮崎県西都市都於郡町）を主城に各城々に睨みを効かせていましたが、綻びが出始めていることには気付きませんでした。

山城である都於郡城から、近隣の平地にある佐土原城《さどわら》（現・宮崎市佐土原）に居を移し、この地に朝廷を移し「京に代わる都を」とまで考えるようになったのです。

全国から名だたる高僧を集め、家臣たちに仏の教えを学ばせました。

山伏の山峰《サンポウ》を召し抱え、家臣たちに、この国の神話を語り聞かせました。

日向国・宮崎県は神話の宝庫です。家臣の中には興味を示す者もありましたが、しかし島津軍と雌雄を決しようとしている時、とてもそんな余裕は無いと考える者が大半でした。しかし三位入道の命令です。山峰の話に耳を傾けるふりをしなければなりません。

詩歌、俳諧の師を集め家臣に学ばせ、自らも文学にものめりこみました。

佐土原を文化の中心地にしなければなりません。

それだけではありません。奈良の大仏を模し建立、そして金閣寺を模した〝金箔寺〟まで建立してしまいました。

大仏、金箔寺は共に焼失し現存してはいません。

出費に次ぐ出費で軍事費の削減に次ぐ削減です。

筆者は国の軍事費はゼロであるべきだと考え、戦争は「絶対悪」だと確信していますが、時は戦国時代です。

近隣には以前から争い続ける薩摩の島津家が虎視眈々と狙っています。

佐土原、都於郡以外の城ではいまだ小競り合いが続いています。

特に飫肥《おび》城は、最近島津から奪い取ったばかりです。

周りの重臣達が諫言しても「自分は従三位であり、相伴衆である」と、裏付けのないプライドから聞く耳を持ちません。

佐土原、都於郡、飫肥以外の城の管理を任された重臣たちは、島津からの攻撃に気が休まる暇がありません。

尚、この時、飫肥城は島津から奪い取り、義祐の三男・祐兵《スケタケ》が城主代行を任されたばかりでした。

事態の深刻さは、日一日と増していました。

三城以外の城代たちの一部は、義祐を見限り島津へと寝返り始めていました。

負け戦より自分の命が大切だったのです。

すでにこの直前、木崎原《きざきばる》の戦いと飯野川での戦《いくさ》で伊東軍は大敗し、四百人以上の戦死者を出していたのです。

元亀《げんき》三（一五七二）年に書かれた、日向伊東家の日誌『日向記』に「都於郡、佐土原の若き衆大方不残打死《おおかたのこらずうちじに》」と記されています。


多くの城が敵の手に落ち、やっと事態の深刻さに気付いた義祐は、天正五（一七七三）年十二月八日、自ら先頭に立ち出陣したのでしたが、全くの意外にも自らの重臣から反撃を受け、佐土原へ逃げ帰らざるを得ませんでした。

翌九日、佐土原に残った重臣たちと戦略を練っている時、馬を走らせ「飫肥城を奪われた」と祐兵が逃げ帰って来たのでした。

これでは籠城しても反撃は不可能です。

縁戚にあたる豊後（現・大分県）の大友宗麟《ソウリン》を頼らずを得ません。

プライドの高い義祐です。簡単に自らの敗北を認めることは出来ません。

宗麟の姪にあたる阿喜多《オキタ》が、亡き次男・義益《ヨシマス》の妻であったことを思い出しました。

「阿喜多未亡人を一時的に避難させる」との口実を思いついたのでした。

早速、都於郡と佐土原にいる家臣とその家族全員に「明朝出立」との命が下され、準備の暇もなく人々を困惑させたものでした。

島津軍が、間近に迫っているにも関わらず、義祐は平然としています。

近くの湊に大型の船を係留しており、豊後までの船旅を考えていました。

頂点に続くのは奈落の底へと続く急峻な下り坂

翌朝二百余人の逃避行が始まりました。

湊への途中、高鍋城下を通らねばなりません。

高鍋城も義祐の持城の一つですが、相次ぐ反乱に、万が一を考えて使者に「城下通過」との挨拶状を持たせました。

高鍋城側は書状を受け取るどころか、使者に対し矢を射かけて、追い返したのでした。

後ろに迫る島津軍、行く手は元重臣に塞がれてしまいました。

万事休すです。

ここまでと思ったのでしょうか。義祐は短刀を我が腹に突き立てようとしました。

この時、息子・祐兵は、父親の後ろから羽交い絞めし、家臣が短刀を奪い取り、切腹は止めることが出来ましたが、これからが大変です。

豊後まで奥日向、高千穂の山々の尾根を越えなければなりません。谷川を越えなければなりません。

この時、南国・九州では「過去に例を見ない」大雪が降り始めたのでした。

後の世に云う「伊東一族豊後落ち」です。

この豊後落ちの行程は、約五十里（二百キロ）です。普通、旅人の足で五、六日の距離です。それを十四日間も費やしました。いかに困難で苦しい旅であったか想像を絶します。

途中追いかける島津軍との戦いもありました。

城務めの若い女性には、遠い道のりと険しく厳しい山道です。全く経験がありません。それに、膝まで隠れる大雪です。草履も足袋も破れてしまいました。足から血も滲んでいます。

全く前進もできません。

疲れ果てた女性が懐剣を喉に突き立て、自害したのでした。

一人の女性の自害をきっかけに、連鎖反応のように次々と続きます。

汚れの無い純白のキャンバスに鮮血が飛び散り、赤い模様が描かれ続けました。

周りの者たちは、ただ無言で見つめる以外ありませんでした。「南無阿弥陀仏」と小声で念仏を唱える者もありましたが・・・。

年若い女性たちが自ら命を絶った現場付近に、彼女たちの菩提を弔う「姫塚」が今日まで残されています。

（現・宮崎県西都市尾留《おとめ》林道脇）


死闘の末、命を落とした勇士も多く、生き残り豊後まで落ち延びた者は、半数以下に減少していました。

彼女たちとは違い、ここを死に場所と定めていた者もありました。伊東祐青《スケハル》です。

祐青は「天正の遣欧使節主席」として名高い伊東マンショの父親です。

前述〝木崎原〟の戦いで島津軍に大敗し、生き残り帰城した武将は伊東祐青ただ一人でした。

負傷した兵を集め引き連れ、敗軍の将として城へ戻ると、義祐から激しく叱責され死に場所を求めての道中でした。


マンショの弟・生まれたばかりの赤子が腰元の背でグズリ始めたのでした。

義祐から声を立てることは厳しく戒められていました。

困惑した腰元も懸命に「若様お静かに」と腰を振りあやしましたが、赤子はますます大声で泣き叫びます。

腰元は背から胸元へと抱きかかえ、あやしましたが、赤子を静まらせることは出来ません。

義祐はジロりと睨みます。それを見た祐青は赤子をひったくり、大きな手で我が子の口を塞ぎます。それでも鳴き声は納まりません。いや激しく泣き叫びます。

義祐の目を気にした祐青は、左手で首を絞めそのまま谷底へ投げ捨てたのでした。

それまで赤子を背負っていた腰元は「若様お供します」と懐剣で首を突き、谷底へ飛び込んだのでした。

まさに生き地獄です。

この一部始終を幼い祐益《スケマス》（後のマンショ）は脳裏に焼き付けていました。

これが神や仏の教えを説いていた三位入道の真意であったかと、疑いを持った瞬間でした。

その直後でした。地獄絵を後にし、出立しようとした時でした。

これまで自分の手を引いていた腰元が「若様、もう動けません。お許しください」と懐剣を胸に突き立て、谷底へと身を投げたのです。

何事も無かったかのように「出立」と義祐が小声で命じます。

祐益は呆然と立ち尽くすのみです。動くこともできません。

その時、田中國廣《クニヒロ》が祐益を抱き上げ、自分の背負った荷物の上に乗せ、他の者たちと行動を共にできたのでした。


田中國廣はもともと伊東家の家臣であり、祐益が生まれる前から、すでに父親・祐青に命じられ面倒を見るのが役目だったのです。

田中國廣は祐益が生まれる前からの家来だったのです。

尚、田中國廣は他にも刀剣作家として名を馳せ、測量家としても石田三成《ミツナリ》と共に、太閤検地を主導したことで知られた人物です。

奈落の底

豊後に辿り着いた義祐は、宗麟に「阿喜多夫人を一旦避難させるのが目的である」と言い張り、敗走は一切認めません。

「これから戦場へ赴き日向を取り戻す」自分は「四十八の城主である。絶対負けるはずはない」「貴殿の助力があれば楽勝間違いなし」「戦勝の暁には、島津の支配地を貴殿に進呈する」と心にも無いことを言います。

宗麟は宗麟で、九州全域をキリシタンの領土にしたいとの思惑がありました。

信仰心からではありません。ポルトガル等南蛮諸国から大砲などの火器を入手し、日本全土に君臨する大きな野望を持っていました。

宗教心等全くの無縁でした。

話はまとまり島津軍との最後の決戦に臨んだのは、天正六（一五七八）年でした。

この耳川の戦いで大敗を喫したことは有名です。

伊東、大友連合軍とは名ばかりで、伊東軍はたった十数名の軍隊でした。

この有様に激怒した宗麟による、義祐・祐兵父子の暗殺計画が密かに行われ、これが耳に入ってしまいました。

四面楚歌です。

夜陰に紛れ縁戚を頼り、四国の伊予（愛媛県）へ逃亡するしか生き延びる道はありません。

この逃亡を手助けしたのが、佐土原で扶持を与えられていた山伏の山峰だったのです。義祐に恩義を感じていたのでした。

伊予では河野一族に、とりあえず匿われることが出来ました。

食料などは全て山峰が世話を焼いたのでした。

怒り心頭　大友宗麟
祐益の処刑決意

耳川の敗戦で多くの死者を出しました。それも大友軍のみです。

義祐と祐兵らが脱走したことを知った宗麟は怒り心頭です。

豊後に残された伊東関係者の中で、幼い伊東祐益が伊東軍の総大将と認定されたのでした。伊東義祐に血縁関係が一番近いからでした。

しばらく牢に閉じ込め、戦《いくさ》の裏切り者として、処刑されることに決められたのでした。

伊東祐益は義祐の孫であること以外、戦と何の関係もありません。宗麟を裏切る気持など全くありません。

祖父や叔父に置いてきぼりにされただけです。ましてや幼児です。

その幼子を処刑しようと云うのです。

これがキリスト教徒・大友宗麟でした。

羽柴（後の豊臣）秀吉に拾われる祐兵
プライドが許さぬ義祐

義祐が伊予へ逃れ河野家に匿われている間、山伏の山峰が食糧等の面倒を見続けたのでした。佐土原で扶持を得ていた恩義に報いていたのでした。

山峰は山伏です。山奥で修行するのが山伏です。

修行のふりをして、義祐父子の復帰を求め動き回っているのでした。

海を渡り、播磨の国（兵庫県）で、羽柴（後の豊臣）秀吉の家臣・伊東掃部助《カモンノスケ》に出会ったことが、この物語を大きく動かすことになりました。

この伊東掃部助は古い古い・伊豆時代の縁戚であることが分かったのでした。

ともかく、この掃部助のとりなしで、羽柴秀吉に三十人扶持で召し抱えられることになりました。

扶持米とは給料のことで、一人扶持は一日玄米五合、一か月で一斗五升でした。

その三十倍で召し抱えられたのでした。

この時、掃部助から義祐も秀吉への謁見を求められましたが、プライドの高い義祐は「伊東従三位たる者、なんぞ猿（秀吉）ごときにと・・」と、聞き入れませんでした。

結局義祐は、乞食坊主として托鉢の旅に出ました。西日本の海岸線を歩き、かつての姿とは想像も出来ない程やつれ、大阪堺に屋敷を構えた祐兵宅近くまで戻り、野垂れ死に同様の哀れな姿で、世を去ったのでした。

「猛き者やがて滅びぬ」平家物語冒頭部そのままの生涯でした。

奈落から這い上がる祐兵　祐益
飫肥城主に復帰、豊臣姓まで与えられる祐兵

羽柴秀吉に仕えた祐兵は、高松城（岡山県）攻めにも参加し、ここで運命的にも軍師・黒田官兵衛《カンベエ》に出会いました。天正十（一五八二）年のことでした。

この出会いこそが、後に伊東家の命運にも大きくかかわりますがここでは触れません。

この間に、本能寺の変が起こり、織田信長が自刃してしまいました。

秀吉にとってまさかの事態です。

光秀を討つべく秀吉は、軍を高松から取って返しました。

そして山崎の合戦で織田信長の敵・明智軍を破り、その際祐兵は大きな手柄を立て、恩賞に〝くりから龍の槍〟が与えられました。

その後、秀吉の九州平定軍の先導役を果たし、旧領・飫肥城を与えられ、大名への復帰を果たしました。

さらに、朝鮮への戦役・文禄の役、慶長の役にも参戦し、秀吉から〝豊臣姓〟まで与えられたのでした。

豊臣祐兵です。

尚、羽柴秀吉は、慶長四（一五九九）年、関白太政大臣に任命され豊臣姓を下賜され、豊臣秀吉を名乗っていました。

関白と云う役職は成人の天皇を補佐する官職です。朝廷から与えられた名誉ある豊臣姓を、そのまま家臣にも与えたのでしょうか。

『遣欧使節主席』になる祐益

罪人用の着物を着せられ、薄暗い牢の中で、まともな食物も与えられず、処刑を待つ祐益でした。

大友宗麟は、(信仰心とは関係なく) キリシタン大名として、キリシタンの宣教師とは懇意にしていました。

祐益は城を訪れたラモン神父のとりなしで、キリシタンへの改宗を条件に、ラモン師に預けられることになったのでした。

ラモン神父と宗麟が話し合う間、汚れた囚人服を着せられ、城の外で待たされ、蹲《うずくま》っていました。

空腹で、口も渇き、殆ど動けません。馘首を免れたことも聞かされていません。ただ、恐怖と体力の衰えで蹲っているだけです。

宗麟との会談が終わったラモン神父が現れ、ポケットから一粒の金平糖を取り出し、口へほうり込んでくれました。

これまで味わったことのない、甘さです。この世の物とは思われません。

神の食べ物です。祖父・義祐の言動から神仏が信じられなくなっていました。

しかし今、南蛮の神の味〝金平糖〟を初めて体験しました。南蛮の神が自分の命を救ってくれたのです。

瞬時にキリシタンへの改宗を決意したのでした。

ラモン神父に従い有馬(長崎)へ連れて行かれ、此処で洗礼を受け、洗礼名ドン・マンショが授けられたのでした。

尚、祐益の家来・田中国廣は豊後滞在中、祐益奪還を試みたのですが警備が厳しく成功しませんでした。

その後ラモン神父を信用した彼は、山峰を師に山伏の修行と刀作にいそしんだのでした。

徳川時代、隠し通さねばならない伊東家の秘密 キリシタンと豊臣

ラモン神父に連れられ有馬に着いたマンショこと祐益は、そのままセミナリヨ（神学校）に入学し、後に〝少年遣欧使節〟として十九年も過酷な海外生活を余儀なくさせられたのでした。

〝少年使節〟を受け入れた南蛮諸国の思惑は、真に宗教的・心《こころ》の問題ではなく〝黄金の国・ジパング〟の植民地化だったのですが、ここでは他書に譲ります。

しかし、どうしても触れておきたいことは、マンショがポルトガル等、南蛮諸国で学んだ測量技術等が、田中國廣に伝えられ、秀吉の太閤検地に役立ったことです。

田中國廣は刀剣作家として名を知られていましたが、数年の空白が疑問視されていました。この時期こそ、石田三成と共に検地に従事していたのでした。

この頃、豊臣（伊東）祐兵もキリシタン大名として、飫肥城内に教会まで造っていたのでした。

息子二人を豊臣、徳川に分けた祐兵

絶対的権力者と思われていた豊臣秀吉にも陰りが見え始め、秀吉の重臣であった徳川家康が、天下を狙うようになり、年老いた祐兵を悩ませていました。

この頃、祐兵は秀吉の住む大阪城に近い、堺に屋敷を持ち、老後を過ごしておりました。

天下を分ける大戦《おおいくさ》が起こる雰囲気です。

それぞれの大名たちもどちらに付くかが問題になっていました。

誰しもが、勝ち馬に乗りたいとの、当然の考えでした。

しかし、祐兵にとって秀吉は恩人です。忠義を貫くか、お家（飫肥）を守るかが大問題です。豊臣軍が勝利すれば問題は無いのですが・・。

かつての知り合い、松山城の水攻めを主導した黒田官兵衛《カンベイ》が来訪し「息子二人を、両軍に分けろ」と、知恵を授けてくれたのでした。

祐兵は二人の息子を枕元に呼び寄せました。枕元と云っても横になっているわけではありません。布団の上に胡坐をかいていました。

妻・阿虎の方《アコノカタ》そして黒田官兵衛も同席していました。

長男・祐寿《スケヒサ》は豊臣方、そして次男の祐慶《スケノリ》を徳川方に分け、共に兄弟であることを忘れず、飫肥城を守るよう言い聞かせたのでした。

この場で、徳川方に味方を示唆していた黒田官兵衛に祐慶を預けたのでした。

そして飫肥城からキリシタンの形跡をすべて消すように、依頼しました。

文英清韓《ブンエイセイカン》　祐兵を見舞う

慶長の役より帰国後体調を崩し、大阪・堺の屋敷で身体を横たえていた祐兵の元へ朝鮮の戦役で顔見知りであった中尾重忠《ナカオシゲタダ》が見舞いに訪れました。

中尾重忠は文英清韓との名で書家として知られております。

彼は祐筆（書記官）として加藤清正《カトウキヨマサ》に随身しており、加藤軍と伊東軍の陣営が近かったため交流がありました。

片や伊東軍の大将、一方は祐筆です。

本来、交流の有るはずもない二人ですが、日本では目にすることの無い朝鮮の文化遺産への興味から行動を共にすることが度々でした。


「伊東殿、いや豊臣殿でしたな。失礼しました。お身体の具合がお優れにならないとか・・・。お見舞いに参上しました」

「いやぁ、伊東で結構、結構。お見舞いとはかたじけない。年も年じゃからな。疲れもたまり、なかなか元に戻りそうにもござらぬ」

こんなやり取りの後「朝鮮美人の絵を描き上げた」と差し出しました。

「懐かしい絵じゃ。貰ってよいのかのぅ。かたじけない。家宝にしようぞ」と、受け取りました。祐兵にとって懐かしい絵です。中尾が素描（スケッチ）する場に自分も居合わせたからです。現場では、女性の気品ある美しさ、それより中尾の巧みな筆さばきに見とれたものでした。

この絵は嫡男・豊臣祐寿を経て、飯地・伊東家にもたらされ、筆者宅に所蔵されていましたが「美術品とは家の奥深くに眠らせて置くものではない。多くの人々が鑑賞してこそ値打ちがある」との指摘を受け、現在中津川市の遠山資料館に保管されています。

尚、真贋は定かではありません。

文英清韓は、慶長十九（一六一四）年、京都・方広寺大仏殿再建に際し、銘文を豊臣秀頼に命じられ「国家安康」と揮毫し、時の権力者・徳川家康の「家」と「康」の文字を分断したと、家康を激怒させたとの逸話が残されています。

敗者の歴史

岐阜の山中に身を潜めた一族

うららかに辺りを照らす初夏の朝日。川面を渡る穏やかな風。山際から聞こえるウグイスやホトトギスの声。「ピッピ　ピッピ　ピヨ　ピヨ　ピッ」クロツグミの囀りも聞こえてきます。

そんな、のどかな山里の一角からは、光景とは似つかわしくない激しい剣術稽古の様子が風に乗ってきました。寛文五（一六六五）年のことでした。

美濃の国・和知（現・岐阜県加茂郡八百津町和知《わち》）、旗本・稲葉方通《マサミチ》が所領とする稲葉城（四千四百五十石）、城下の小さな道場からでした。

所領は小さいとは云え、木曽川の下流部であり、伊勢湾へと繋がり桑名、名古屋との水運の拠点・黒瀬湊に近く、港町として旅人や交易で活気を呈しておりました。湊からの収益で領民も潤い。稲葉方通は領民からも慕われておりました。

因みに稲葉方通は、豊臣方の武将であった稲葉良通《ヨシミチ》の四男です。父・良通は豊臣から徳川へと時代が変り、徳川家光の乳母として権勢をふるったとされる春日局の外祖父に当ります。

稲葉良通は一旦出家し一鉄と名乗ったことがありました。よほどの頑固者だったようです。「鉄」と「徹」、字は違いますが頑固者のことを「一徹」と云いますが、これが語源だと云われています。

「面ッ」「小手ッ」「胴ッ」「小手ッ」「エイッ」これらの掛け声と、パシッ、パシッと、激しく竹刀と竹刀が打ち合う音が入り乱れていました。

若者たちの溌剌とした稽古を見所から見守っていた伊東祐利《スケトシ》は頃合いを見計らい「止め」の一言、自ら竹刀を右手に道場の中央へと歩を進め、一人の若者・新左衛門を指名しました。

祐利と門人とが一対一での立ち合いで、稽古を終了することが習わしになっていたのでした。

一礼を交わし、お互いに正眼に構えました。

鷹揚に構える祐利に対し若い新左衛門は必死に師匠の目を睨みつけます。

祐利の竹刀は微動だにもしませんが、若者の剣先はかすかに上下動を繰り返しています。

時間が止まったかのように両者は同じ構えを崩しません。

「小手ッ」と若者の甲高い叫び声と共に、祐利の手から落ちた竹刀が床を転がったのでした。

無念夢想を破る不安

打たれたことに気付いた祐利は、相手に対する配慮からか、笑顔を作り「参った」「お見事」と頭を下げました。

勝ちを得た若侍も、この結果が理解できず立ちつくしていました。

一対一での稽古を待つ門人たちの誰一人この結果を予測した者はありません。

それも最初の対戦でこの結果です。

これまで一度も遅れをとったことのない、剣豪として敬われていた祐利のあっけない敗北に誰一人声が出ません。

剣豪とは云われていましたが、祐利は一度も真剣で相手に傷を負わせたこともありませんでした。

この道場では稽古中、大きな怪我をさせない配慮から、木刀はおろか袋竹刀しか許可されません。

竹刀を手に、道場で相手と向き合う時はいつも「無念無想」で正眼に構え、弟子たちにも「雑念を払う」ことを教え込んでいた祐利でしたが、脳裏を〝不安〟がよぎった瞬間右手首を打たれ、竹刀を落としてしまったのでした。

誰一人目にしたことのない、信じられない瞬間でした。

「呆然」と「沈黙」が支配する中、ただ一人平井治左衛門《ジザエモン》のみが祐利の脳裏をよぎった〝不安〟に気付いていました。

平井治左衛門の祐利と同様大きな心配事は、和知・稲葉家の廃絶でした。

稲葉方通には嫡子がいなかったのです。

治左衛門は祐利の相談役を稲葉方通から命じられ、祐利の幼少時から親しく付き合い、面倒を見ているのでした。

その祐利に鍛えられ、剣の腕も、道場の三羽烏に数えられていました。

祐利の息子三人・新兵衛《シンベエ》、伊平治《イヘイジ》、治右衛門《ジエモン》もそれぞれ治左衛門から、剣術や学問を教え込まれていました。苗字こそ違え家族同様の付き合いでした。

和知・稲葉家としては、お家の廃絶は重大事です。

しかし、家臣たちにとっては、さほど重大には感じられませんでした。六十三万石の大大名・徳川尾張藩にそのまま合併吸収されるのですから、浪人する心配はありません。


誰一人想像だにしない敗北の後、祐利は「すまぬがしばらく一人にしてくれぬか」と道場に隣接する控えの間へと姿を消しました。

「ただ事ではない」と門弟一同、そそくさと道場を後にしました。

誰一人言葉を発する者はいません。


静けさを破るかのように、大声でホトトギスが鳴き叫びながら、上空を飛び去りました。


祐利はただ一人、控えの間に座り、無念無想へと心を静めようとしました。

しかし、父親のこと、生まれ育った和知・稲葉城下のこと、危険をも顧みず匿い通してくれた稲葉方通の親切等々、次から次へと頭をよぎり、焦れば焦るほど「無」の境地には没入できません。

父親は「伊東」ではなく秀吉の命を受け「豊臣」祐寿《スケヒサ》を名乗っていましたが、稲葉城へ匿われてから、伊東五郎右衛門《ゴロウエモン》祐明《スケアキ》を名乗るようになりました。

五郎右衛門とは「豊臣方に組した伊東祐兵《イトウスケタケ》の長男ではなく、自分は祐兵の五男だ」との言い逃れが目的でした。徳川の追及を逃れるごまかしの手段でした。

こんなごまかしが通用したのでしょうか・・。

関ケ原、大阪冬の陣・夏の陣で敗れ、落ち武者狩りの目を逃れた父親（祐寿、この時五郎右衛門・祐明）は、祖父・祐兵の知り合い稲葉方通に匿われ、今があること。

幼少期「お前は本来、飫肥城の三代目当主であるべき」と大名としての矜持、教育を徹底的に叩き込まれ、「落ち武者狩りや徳川方隠密に命を狙われていることを忘れるな」と剣術、そして屋敷内と屋外の立ち居振る舞いを厳しく叩き込まれました。

外出時の服装は、目立たない様、質素で絶対に華美は慎むよう厳命されていました。

剣術、学問（算盤、算術。読み書き、『論語』の素読）等、並外れた吸収力を見せるのみか、自ら先へ先へと進み、父・五郎右衛門祐明を喜ばせ、師をも驚かせる能力を発揮しました。

そして現在では父の跡を継ぎ、稲葉家の勘定方と剣術指南を務めています。

しかし「朋（友）あり遠方より来る、また楽しからずや」との、論語の一節は未だに理解できません。祐利にとっての友は幼少期・悪ガキの頃から付き合っている和知・稲葉家の家臣しかいないのですから。

そんな悪ガキ連中と魚釣り、イナゴ取り、泥まみれになりタニシを取り、野山を駆けずり回った懐かしい思い出が頭を走馬燈の如くよぎります。

忍びに襲われる祐利

そんなときでした殺気を感じたのは。

道場での門人の中に、隠密が紛れていたのかも知れません。

「今がチャンス」と仲間を呼び集めたのかも知れません。

三人の刺客が背後から迫って来る気配を感じました。懐に匕首《あいくち》（鍔のない小刀）を忍ばせていることは明らかです。

激しい殺気がジリッツ、ジリッツと迫ってきます。

「伊東祐利！豊臣の残党。もはや明日は無い」と叫びながら一斉に切り付けてきます。

武器を持つ殺しの専門家三人と、目を閉じ座禅を組む祐利とでは、常識的に結果は明らかです。

右脇の袋竹刀を握り、飛び上がりざまに敵の正面へと向きを変えながら、中央の敵を右足で蹴り同時に相手の右腕を叩きつけ、着地と同時に右の敵の胴を撫で、左の敵にも手首に竹刀を叩きつけたのでした。三者とも自体と共に匕首を畳に転がしていました。そして利き腕は強打され、再び匕首は握れません。

稽古中、衝撃を弱めるよう工夫された袋竹刀でしたがこの結果です。

叩きのめされ、祐利の凄さを知り、勝ち目のないことを悟った三人は口々に「さあ殺せ」と叫びます。

にやりと笑みを浮かべ祐利は「言うまでもない。殺して進ぜる」「しかし、この袋竹刀ではそれも出来ぬ」「そなた等の匕首を借り受け、耳をそぎ落として進ぜる」「鼻も削ぎ落そうか」と、落ちた匕首を拾い上げたのでした。

怯えた三人は「早く殺せ」と叫びます。

悠然と祐利は「慌てなさるな、殺して進ぜる。その前に耳と鼻を落とし、裏の松の木に縛り付けておけば、四、五日もすればそなたらの望みはかなうであろう」

「飲み食いしなければ、あの世へ行けることは間違いなかろう。痛いし、口も乾き、腹も減るであろうな」と刺客の耳に匕首の刃を近づけました。

「助けてくれ、頼む」「助けて下され」とこれまでの意気のいい科白と異なり涙声で命乞いを始めました。

「そなたらこれまで幾人もの罪もない人々を殺めてきた。罪の償いをしなければなるまい」

「あの世へ旅立つ前、傷が痛み腹も減るであろう。苦しみながら、おのれの罪を考え、あの世で閻魔様の裁きに従うがよい」

「お助け下され。償いに何でも致します」

「耳と鼻は許して遣わそう。飲み食いしなければ、やがてあの世へ旅たつであろう。松の木の下で命が尽きるまで、おのれの罪を考えるがよい」と、祐利は、平井治左衛門や下男に手伝わせ屋敷裏山の松の木に縛り付けたのでした。

その夜は下男に見張りを命じ、翌早朝三人に、粥をすすらせたのでした。

そして骨折させた右腕に添え木をあて介抱までしたのでした。

命はないものと覚悟していた三人は、祐利の情けに涙したものでした。

結局この三人は、自ら殺めた人々の菩提を弔うため、坊主になることを条件に寺へ預けられたのでした。

刺客三人を裏山に縛り付け、下男に見張りをさせた夜、祐利自身も眠りにつくことは出来ませんでした。延べられた布団の横に座し、三人に申し渡したことと同様、自身のこれまでと、今後の行く先を考えざるを得ませんでした。

これまで、父親の代から匿い続けてくれた和知・稲葉家の廃絶が、現実のものとして彼の前に立ち塞がっているのですから。

最初に考えたのは「大名とは、侍とは、剣術家とは何なのか」でした。

父は、事あるごとに「本来なら自分は飫肥城二代目当主であり、お前は三代目である」と言っていました。そして父は豊臣側の武将として豊臣を名乗り関ケ原、大阪冬、夏の陣で敗れ、ここ美濃の和知まで敗走し、稲葉家に匿われていること。

稲葉家には大きな恩義があること。「稲葉家に剣の腕と、学問で恩返ししなければならない」と教えられ、ここ和知での生活では、多くの人々によって自分たちが生かされていることも十分理解しているつもりでした。

しかし、毎日食する米、麦、野菜、魚介類の何一つ武士の手によるものはありません。もちろん自分が作ったものもありません。

父は豊臣方の将として多くの敵を倒してきました。そしてそれ以上に味方の死を身近に見てきました。

戦《いくさ》で人間を殺すのが剣であり、それを使うのが武士であり、その武士たちを操るのが将であり、大名であることを実感したとも話してくれました。

「殺した後には空しさだけが残る」「相手にも、待ちわびる家族もいたであろう。罪悪感すら覚える」と語ったこともありました。

そんな時の父は、いつもとは違い、しんみりとした態度を見せたものでした。

戦の跡地では多くの死骸が腐臭を放ち、無残に農作物も踏み荒らされていたとも話してくれました。

武士の仕事とは敵・人間を殺すことであり、大切な食料・農作物を踏み荒らすことなのだろうか。

子どものころ近所の仲間たちと遊びまわった記憶を思い出していました。

商人の子どもや、百姓の子どもたちは仲間ではありません。武士の子どもたちだけです。

他の階級の子どもたちと遊ぶことは禁じられていたと云うより、自然にそうなったのかも知れません。

和知は、黒瀬湊に支えられた商人の町と言っても過言ではありませんでした。

船で運ばれたこの辺りでは珍しい品々を商う店。

荷の積み下ろしや、船で働く人々、そして旅人に食料を提供する店や旅籠が軒を並べていました。

商家の子どもたちは店の手伝いが忙しく仲間たちと遊ぶ姿は殆ど見られませんでした。

こういった子供たちが数人集まり、遊んでいたとしても、祐利たちが近づくと霧散してしまいます。

一緒に遊ぶことはありませんでした。

湊の賑わいと共に店や、旅籠も増えてきます。これら店や旅籠の建築も進み、大工、左官が働く姿も各所で見られました。

商人や、建築現場で働く人々の役割も理解できました。その都度考えたものでした。「侍の役割は何だろう・・」と。

子どもたちは群れ（集団）で遊びまわることが常でした。胸を張って闊歩する士族の子どもたちの間にも家格によって序列が出来ており、先頭に立つ上位の者が店先から、切り干し芋などをわしづかみし、口へ入れ「ペッと」吐き出すこと、気に入れば懐へ入れ持ち去ることも一度や二度ではありませんでした。

「若様。お代を」と、おずおず親父が請求すると「後から屋敷へ取に参れ」で終わりです。

このような行為を苦々しく思ってはいましたが、祐利には何もできませんでした。（このような行為を止めることはたやすいことでしたが、目立つ行為は父親から厳に慎むよう命じられていました）

祐利の気分とは裏腹に、のどかなウグイスの囀り、遠くからキジの鳴き声、さわやかな風が頬をなでました。

近くの神社から「エイッツ」「ヤアッツ」等と子どもたちの叫び声が聞こえてきました。

竹の切れ端などを手にした子供たちが、チャンバラごっこに興じていました。

「町人の分際で何をしておる」「剣術の稽古をしたくば、教えてつかわす」と数人の子どもたちを木刀で殴り倒しました。殴られ地面に転がる子供、逃げようとする者の周りを士分を自負する者たちが取り囲み逃げ出すことは出来ません。

「そんなことで剣術がうまくなると思うな」

「相手になってつかわす」「立てっ！」大将（群れのリーダー）は木刀を構えています。

町を闊歩する時、この木刀は子分に持たせていました。

勿論、腰には武士のたしなみとして、刀を差していましたが、その刀を抜くことはありませんでした。

町人の子どもたちは、大工仕事の廃材や、細い竹の切れ端で遊んでいたのでした。

得物が違います。片や凶器にもなる木刀です。

「お止めください」「このような者を痛めても、貴殿の為にはなりません」

「お名に傷が付きます」

我慢が出来なくなった祐利が止めに入りました。そして「お前たちは早々に立ち去りなされ」

大将は何も言わず構えた木刀を下げざるを得ませんでした。道場の稽古では腕の格差が歴然の二人です。

「親の仕事を手伝う町人の子どもたち」

「ただ、胸を張って町を闊歩するだけの自分たち」

どちらが人々の役に立っているのだろうか。確かに自分たちは道場で剣術の稽古はしている。しかし戦国の世は遠のいた今、役に立つのだろうか。そして父・五郎右衛門・祐明は言っていた「戦場《いくさば》の跡は人々の死骸、踏み荒らされた農地。無残さに胸がさいなまれた」と。

そして、学問の大切さを父から厳しく言われ、いずれ人々の役に立つだろうと、師について毎日熱心に学んでいる。

そんな時ふと論語の一節を思い出したのでした。

「己の欲せざる所人に施すこと勿れ」（自分が嫌だと思うことは他人にしてはいけない）

町人の子は無抵抗のまま木刀で打ち据えられ、痛みに耐えながら「お許しください」と必死に謝っていました。

祐利はこの光景を、自分自身に置き換え論語の一節を納得・理解したのでした。

この時、大将は傍《かたわら》に置かれたシジミ売りの籠から、一掴み二掴みと握り、袂へ入れます。

「大将。袂が汚れます。お止しなさい」と祐利は声を掛けましたが「大事ない。女に洗わせば良い」と取り合いませんでした。

帰途何度も「己の欲せざる所・・」との一節を口ずさみ、この意味を考えるのでした。


この時のシジミは「マシジミ」と云います。日本にはこのほか「ヤマトシジミ」と「セタシジミ」の計三種類が知られています。

ここ和知を流れる木曽川は、下流部ではありますが、未だ海水の影響を受けていない淡水域です。

河口には淡水と海からの塩水とが混ざり合う汽水域があります。

汽水域に生息するのはヤマトシジミと呼ばれ、卵生で繁殖します。

淡水産のマシジミは卵胎生で繁殖します。

卵胎生と云うのは、卵が親の貝殻の中で稚貝にまで発生・成育して、親から離れる生殖法です。

もう一種のセタシジミは琵琶湖の固有種で卵生です。この三種が交雑することは無いだろうと考えられています。


道場の稽古、学問も終わった後、祐利は行方も告げず家を出ることがたびたびありました。

そんな彼を平井治左衛門は密かにつけていました。祐利は治左衛門の尾行に気づいてはいましたが、知らぬふりで先へと進みました。

平井治左衛門は、稲葉方通から伊東家の面倒を見るよう命じられていましたが、道場の稽古で自分の手が届かないところまで上達、成長した祐利を守る立場から、師と仰ぐ立場へと逆転していたのでした。

稲穂の出る前の田圃の畦道をいつもの山へと向かいました。

そんな田圃では百姓が肥し《こや》（肥料）を素手で撒いています。

田圃の肥料は、山草を刈り乾燥させ、細かく切り、牛馬の、そして人間の糞尿まで混ぜ、しばらく寝かせ（発酵させ）たものでした。

コメの収穫を良くする必須の作業です。

侍にとっては不浄なものです。それを百姓は素手で撒いているのです。

その結果、コメが出来、自分の腹を満たし、自分の身体が存在することを思い知らされ、しばらく呆然と眺めていました。

「己の欲せざる所・・」自分に出来るだろうかと思い悩みながら、棚田の畦道を山へと歩を進めました。

山の斜面を登ると顔見知りの杣《そま》・源蔵が太い檜の根元へ斧を振り下ろしていました。

杣とは古くは国家が所有する山林のことを云いましたが、転じて近世以降は山で働く人を指す言葉に変わりました。

「若、倒れると危ないで（危ないから）、こっちへ来なされ」と指図します。

祐利も源蔵の指さす方へと急ぎます。

ほどなくギリギリバリバリと音をたて檜の大木が倒れます。

檜一本倒すにも半日はかかります。勿論源蔵一人ではありません。

源蔵を頭に数人掛かりの仕事です。

倒れた大木から斧や鉈を使い、枝を落とします。枝は再び用途に応じて適当な長さに切られ、残りは薪にと刻まれ縦にも細く割られます。

幹からは皮が剥ぎ取られ、家々の屋根に使われます。檜皮の屋根を檜肌葺きと云います。

枝も皮も幹もこのまま使うことは出来ません。それぞれの用途に分けて、一年から数年間、乾燥させなければなりません。

これらを盗人から守るのも杣の仕事です。

枝を払うとき、源蔵は「若、やってみなされ、剣術に役立つかもしれない」と時々姿を見せる祐利の意図を知っていたのでしょうか。

腰の入れ方、腕の振り方等教えてくれるのでしたが、すべて剣と通じるところがあり、祐利の上達ぶりに源蔵も舌を巻くほどでした。

祐利が礼を言い帰ろうとした時、源蔵の仲間が「頭、明日は丸太を町まで、下《おろ》そまいか（下しましょう）」と囁きました。

盗人の正体はほぼ分かっていました。稲葉領と境を接する尾張領の杣たちであり、暗闇に紛れ数人が自領へ運び込み、谷川から木曽川へ流してしまうのです。

尾張では名古屋を中心に城下町建設用にと、木材需要が急増し、この地（現・岐阜県八百津町）が筏流しの拠点となっていました。

この拠点は黒瀬湊よりやや上流にありました。錦織《にしごり》の綱場《つなば》と呼ばれていました。


木曽川の上流から流されてくる丸太を、藤の蔓などで堰き止め、ここで筏に組み直し下流へ流す、筏流しの拠点でした。

この綱場までは、一本流しから、数本にまとめられた小型の筏もありました。

これら材木流しの人足を〝川狩り〟と呼んでいました。

勿論この綱場には関所があり、多くの尾張藩の役人が監視していました。


官（尾張藩）民一体の盗木が行われていましたが、小領・稲葉としては泣き寝入りの状態が続いていました。

源蔵は「今夜が勝負だ」と確信しました。

相手も丸太の一本や二本を問題にはしません。適当量集まらねば手を付けることはありません。今夜です。

その晩遅く仕事を終えた杣人たちは、焚火を囲みスルメを炙り、酒を酌み交わしていましたが、研ぎ澄まされた感覚は敵の接近をとらえていました。

一斉に数本の矢が襲い掛かってきました。そんなことはすでにお見通しです。

矢をそらし、杣人たちはそれぞれ、敵に向かい、火のついた焚き木で相手の肩や手頸に打撃を与え、瞬時に戦意を喪失させてしまいました。一人として相手の命は奪いませんでした。

相手領への逃亡者には声もかけず、木陰から見送ったのでした。この間、杣達は無言を通しました。

この時、祐利と平井治左衛門もこの戦いに加わり、杣人たちと共に、勝利に貢献したのでした。

「若ようやりなさった。立派なお働きでしたぞ」と源蔵に褒められたものでした。

治左衛門にも丁重な礼が述べられたことは勿論です。


杣頭の源蔵は、自分たちが切り倒した丸太が加工され、家が建つまでの一連作業に関心を持ち（別の意図もありましたが）自分の弟を、地元棟梁の元へ送り込み大工仕事を修行させていました。

手下の一人には、屋根職人として修行させ、丸太から剥ぎ取った檜肌の行方にも責任を持たせました。


源蔵の仕事は仲間と共に、大木を切り倒し、枝を払い、皮を剥ぎ取るだけではありません。

幹や枝は適当な長さに切断しなければなりません。建築材にならない部分や枝は適当に切り、割り、焚き木として町へ売りに出かけました。

旅籠、湯屋、飯屋等なじみ客も増えました。

源蔵はこのように、町へ出かけた時には、こっそり祐利の屋敷を訪ね、焚き木と売上金の一部を渡し、主《あるじ》一家の生活をも助けていました。

源蔵は「自分は武士であり、主は豊臣祐寿であり今は息子の伊東祐利様」と考えているのでした。


杣の仕事は重労働です。沢山食べなければ力も出ません。食糧確保も重要です。

一部とは云え、売上金を主に渡せば、自分たちの食費にも事欠きます。

ウサギ、クマ、イノシシも捕りました。勿論これらの肉も主家に持参しました。

寝泊まりする小屋近くの伐採跡を整地し、粟や麦の種を蒔きました。サツマイモも収穫できるようになりました。

山からの湧水を利用して水田も作りました。稲作を始めたのでした。

と、言っても、杣仕事の片手間仕事です。杣は伐採に適当な樹々を求めて、山から山へと渡り歩かねばなりません。田畑の仕事は、小屋に定住する女子どもに任せる以外ありませんでした。

迂闊にも祐利は知りませんでしたが、源蔵は元武士であり、祐利の父・豊臣（伊東）祐寿の家臣で、本名は本山源三郎と名乗っていました。

源蔵は祐利の影の家臣を自任していたのでした。

主である祐利が知らない程、秘密が守られていたのでした。

祐利の父・豊臣祐寿と共に関ケ原や大阪冬、夏の陣を戦い、和知・稲葉家に匿われたのでした。

稲葉家への恩返しにと杣へと身をやつし、山仕事に従事していたのでした。

いや、稲葉家への恩返しより、伊東家の家臣として忠誠に励んでいたのでした。

繰り返しにはなりますが、伊東祐寿は稲葉家では密かに剣術を教え、影の勘定方も務めていました。

源蔵の父は、もともと日向・飫肥藩の山役人を務め、山仕事とは無縁ではありませんでした。

稲葉領の財産を徳川家に横取りされることは許されません。

杣頭・源蔵の下で働く杣人の多くも飫肥伊東家に所縁《ゆかり》を持ち、心の中では伊東祐利の下臣を自任していたのでした。

この時〝伊東を名乗る家〟が徳川から狙われていたわけではありません。飫肥・伊東家は外様大名として安堵されていますし、伊東を名乗る武士も数多く存在しました。祐寿のみが〝豊臣〟を名乗り、最後まで戦い続け、その子孫までが行方を探されていたのでした。かつて慶長二十（一六一五）年、京都鴨川六条河原で、まだ七歳と幼く、何の罪もない秀吉の孫・国松《クニマツ》が首を刎ねられました。

〝豊臣〟の根絶やしが徳川の目的だったのです。

祐利は父・祐寿と二代にわたり稲葉家に匿われていたのでした。父・祐寿は九州・日向の国（現・宮崎県日南市）飫肥城主伊東祐兵の長男でしたが、豊臣秀吉から「豊臣祐寿」を名乗らされ、関ケ原で徳川方と戦った敗軍の将として、落ち武者狩りの目を逃れ、稲葉家に匿われ続けていたのでした。

かつて、祐利の祖父・祐兵が、豊臣秀吉による九州征伐で、稲葉方通と行動を共にし、親しい間柄であったことが縁で、関ケ原、そして冬の陣、夏の陣で敗戦の後、匿われることになったのでした。

勿論方通の父・稲葉一鉄の同意を受けてのことでした。

忠義とお家《いえ》

当時の武将は、「主君のため・忠義」と「自分の家を守る」ことが必須命題でした。この二つは必ずしも一致するとは限りませんでした。

（ＮＨＫの大河ドラマでおなじみの真田家と同様）この時、病床にあった祐兵は軍師として名高い黒田官兵衛の勧めで、息子二人・祐寿と祐慶を豊臣と徳川方とに分けたのでした。

そして結果的に、忠義を尽くすべく豊臣方が破れ、徳川方の外様大名として飫肥城は安堵され、祐兵の後継として祐寿に代わり祐慶が二代目城主に収まりました。

父親同様稲葉家に匿われ、恩義を感じる祐利も、稲葉家のため勘定方を勤める傍ら、家臣たちのため剣術や学問の指導にも精を出しました。

匿われの身であることから、なるべく目立たぬように屋内での仕事で恩返しに励みましたが、自分が大名家の直系である自負だけは忘れず、四人（男三、女一人）の子どもたちにも、それなりの躾をも忘れませんでした。

ここ和知は湊町です、水運を利用して飫肥城とも密かに連絡を取り、経済的支援も仰いでおりました。

この和知・稲葉家が廃絶となれば、稲葉領は隣接する徳川尾張藩に吸収されることは明らかです。

吸収によって徳川尾張藩から詳細に身元を調べられれば無事ではすみません。

いや祐利自身も「豊臣」復興の願いを父親から受け継でいました。

身元がばれなくとも徳川尾張藩に仕える気はありません。

父親同様姿を隠さねばなりません。

一方廃絶を覚悟した稲葉方通の家老は、苗木藩三代目当主・遠山友貞《トモサダ》と江戸で密かに、善後策を話し合っていました。

五万一千石の飫肥五代目藩主・伊東祐実《スケザネ》も同席し、一万五千石（我が国最小）の大名遠山友貞に頭を下げていました。

徳川幕府の時代、それも徳川尾張藩と地続きである苗木藩として、簡単には承諾出来ません。

表ざたになれば、藩主は切腹、お家（藩）の改易は必定です。

危険を冒すには当然見返りが必要です。

飫肥藩からの金銭提供は当然として、「天正の遣欧使節主席・伊東マンショによってもたらされた西欧の学問・測量技術、算術も苗木藩の役に立つ」と稲葉家々老も説得したのでした。

ポルトガル、スペイン、イタリア等を巡り、日本よりはるかに進んだ南蛮（ヨーロッパ）の学問を持ち帰った伊東マンショ（祐益）は初代飫肥城主の甥にあたります。

彼によってもたらされた学問により、父・祐寿に継ぎ祐利も稲葉領で剣術指南の他、勘定方として恩に報いているのでした。

しかしこの事実も絶対に隠し通さねばなりません。キリシタン禁止令が厳しさを増していました。

この時、「フト」遠山友貞の頭をよぎりました。

自領の山深くに、「かつて平家の落ち武者が住んでいた跡が残っている」と聞いたことがあったと。

それは飯地村の東部、人が近づきがたい険しい山間部で、昼も暗く木々に覆われた場所であること。

そして、飯地村の西部には、苗木藩の鉄砲隊の集落があり、徳川尾張藩といえども簡単には近寄りがたい場所であること。

「匿う」とは明言しないものの、独り言のように呟いたものでした。

苗木領　飯地村

山歩きになれた源蔵たちが苗木藩の飯地村を訪れたのは、それから三カ月後のことでした。

源蔵はまず飯地村の頭領であり、鉄砲隊長・河方（名前不詳）氏に面会しました。

話はすでに通じており、河方氏の下男が案内役に立ち、鬱蒼と木々が生い茂る朽ち果てた屋敷跡へと案内されたのでした。

近くには河方氏が管理し、譲っても良いと言う水田もありました。

そして次に、この地より西へ少々離れ、さらに大きな屋敷跡へと案内されました。

屋敷跡近くには桜の古木と池の跡らしい水たまりもありました。


因みに、筆者が管理する飯地・伊東家はここに建てられ、山桜も生きながらえており、池も復元、さらに大きく蘇っております。恵那市飯地町十番地です。

その後、祐利は河方氏より「平家の落人たちが、緋毛氈を敷き詰め、池の上に咲く花見の宴を行った」との言い伝えがあると聞かされたのでした。証拠は何も残ってはいません。

しかし、住まいの復元には、最初に案内された場所の方が好都合だと源蔵は決断したのでした。近くに、河方氏が「譲っても良い」と言う小さな田圃があり、近くには水が流れ、開墾の余地があると判断したからでした。

直ちに源蔵とその手下たちの手で、祐利一統が住める仮住居の建設が始まったのでした。

二年後・寛文十一（一六七一年）には源蔵たちの手により、百姓（伊東）祐利の仮屋敷が完成しました。

全く人の気配のない場所ではありましたが、近年石を削った「矢じり（矢の根石）」が発見されていますので、太古からマタギ（猟師）が猟場としていたことが推測され、近くに湧水もあり、「水汲み場」と呼ばれています。

別の場所から、縄文土器も発見されています。

この地を縄文時代から、先住民が生活の場にしていたと考えられています。

その先住民を駆逐するため、奈良時代、〝征夷〟の名のもと、この地へ入り込み、そのまま住み着いた一族もあった模様です。

朝廷より下賜された〝被官〟の称号をプライドに、纐纈、柘植などを名乗っていました。

先住民と同様、猟で生計を立てていた模様です。

これら一族の住まいは、飯地村内ではありますが、伊東一族が隠れ住んだ場所からは離れていました。

伊東一族が最初に住み着いた仮屋敷の地が、現・恵那市飯地町一番地と定められています。

百姓・五郎右衛門の誕生

源蔵たちにより、隠棲の準備が進むと、祐利も武士を捨て百姓として生きる決意を固めたのでした。そして「豊臣」も「伊東」も捨て去り「百姓・五郎右衛門・祐利」と改名したのでした。

初代五郎右衛門・祐利が飯地の地に住み着いたのは寛文九（一六六九）年、旧暦二月雪解けの始まった春先のことでした。この時祐利は四三歳でした。

飯地村は読んで字の如く、豊かな〝飯《めし》の地〟でした。標高も高く（六百メートル）急峻な斜面、鬱蒼と木々が茂り〝不毛で人の住まない地〟この相反する言葉通り、飯地村は二分されていました。二分ではなく、ほとんどが後者であり、一部分が稲作に適した豊かな地で、ここは苗木藩の鉄砲隊・河方氏が支配する〝飯地〟の名に相応しい土地でした。

この豊かな地域は飯地村の中で〝塩見〟と呼ばれていました。天気の良い日には山の上から、伊勢湾の海が望めたからです。

この塩見地区以外は、ほとんど人が踏み入れることのない未開の地でした。

この未開の山また山の山奥に、没落した平家の落人に続いて、祐利一統も隠棲の場と定め、金一両で購入しました。


筆者宅・伊東家にはこの〃一両〃と云う、相手方による売渡状（領収書）が残されています。（現在は遠山資料館に保存）

飯地村の大半をたった一両とは、いかにも安すぎるように考えられますが、急峻な山地で、それほど〃値打ちの無い土地〃だと思われていたのでしょうか。

この領収書に田圃の位置が〃いちまさ〃と書かれ、後に〃市政〃の文字が使われていますが、この漢字が正確である証拠はありません。

尚、市政は筆者宅の屋号なのか、地名であったのかも分かっていません。

さらに一両は土地だけの値段ではなかったようです。

他に、苗木藩への年貢米徴収の仕事〃年貢請け納め〃の資格を拾得しました。

この地に、河方氏以外にも、少数の自作農が住んでいました。

九州飫肥での城主・伊東祐兵の孫である誇りが、忘れられなかったのでしょうか。

ほとんど人の住まないこの地での支配者を自慢したかったのでしょうか。「皆その支配なり」と書いています。

平井治左衛門に勧められ、源蔵を従えた祐利はこの山中に農地を開墾し、百姓として生きようと決意したのでした。

この時、祐利には男の子三人がいましたが、末っ子・治右衛門は「百姓は嫌だ」「剣の道へ進む」と飯地へは同行しませんでした。

彼は十歳を超えたばかりの若者でしたが、剣の腕だけは祐利をうならせていました。剣の腕を生かし、剣術家として商家の用心棒などで糊口をしのいでいたのでした。

百姓になると決意したものの、剣術と学問以外、ほとんど何も経験のない祐利です。河方氏と源蔵に頼らねば何もできません。

殆ど源蔵が、伴った杣一統の先頭に立ち、樹木の伐採、農地の開墾が始まったのでした。

それから二年後、寛文十二（一六七二）年、源蔵たちの努力で家屋敷が完成しました。

それまでは朽ち果てた空き家を改装した仮住まいでした。やっと屋敷を持つに到りました。

この時祐利は「初代五郎右衛門・祐利」を名乗り、支配地域に父親の名から〝五明〟と名付けました。父親が和知で、元・豊臣祐寿であることを隠し。伊東五郎右衛門・祐明を名乗っていましたので、父親の名を残そうと考えたのでした。

この地域名・五明は「ゴモウ」と呼ばれたり「ゴミョウ」と呼ばれたりで、呼び名がはっきりしません。

この時、祐利が伴った二人の息子のうち、年少の伊平治を嫡男と定め、長男の新兵衛を五明から少々離れた杉ヶ沢（現・杉野沢）に開墾の拠点として家を建て別家させました。

長男を跡継ぎにしなかったことに少々違和感を覚えましたが、歴史学者・松田之利氏によると、これが戦国大名の常識だったようです。

自分が働ける間は主を務め、長男には出城を与え領地の拡大を図ったのでした。

新兵衛は自分の支配地を〝新明堂〟と名付けました。

父親の支配地〝五明〟と同じ発想です。自分の〝新〟と祖父・祐明の〝明〟です。

そして屋敷の近くに守護神として〝新明神社〟を勧請しています。経費は勿論祐利が負担しています。

時は少々流れました。

田植えから数日が経ち、朝日を浴びながらホトトギスが「ピヨッ　ピヨッ　ピイ　ピイッ」と大声で鳴き叫びながら、東から西の空へと飛び去りました。

ホトトギスは他の鳥たちと比較にならないくらい、大声で鳴くため「喉から血を流しながら」との表現もあります。

鳥たちの鳴き声を、そのまま真似たり、書いたりすることが困難なため、〝聞きなし〟と云って誰もが知る言葉に言い換えて表現することがあります。

例えばウグイスの囀りを「法法華経《ほうほけきょう》」はよく知られていますが、ホトトギスが「天辺禿《てっぺんは》げたか（頭が禿げたか）と言っている」と、子どもが大人をからかったものでした。

マムシに噛まれた宇兵衛

稲が植えられたばかりの田圃に、二羽のカラスが首をかしげながらゆっくりと歩き回っています。

田圃の畔には猛毒を持つマムシがドグロを巻き、日の光を浴びています。

番《つがい》（夫婦）であろう二羽のカラスは、タニシを探しているのです。タニシは淡水生、止水性の巻貝で沼や田圃に生息します。そして卵胎生で繁殖する生物です。

カラスの好物で、カラスが殻を突き破って、中の身を食うのですが、一緒に食われた稚貝は消化されずそのまま糞に混ざり、再び水田で繁殖します。

カラスは稲苗を食い荒らすわけではありませんが、植えたばかりの苗が踏み荒らされて、百姓にとって大打撃です。カラスを駆除す

稲苗を踏むカラス

る術はありません。

弓矢で射殺し、死骸を田圃の上に吊るし怯えさせ、近づけない方法も試みましたが、効果は期待できません。

大声を張り上げ、長い竹竿で追い払うのが一番効果的でした。子どもの仕事でした。

養父・平井徳左衛門《とくざえもん》が宇兵衛に「若、カラスが田圃に来ておりますぞ」と声を掛けました。


義理の息子に「若」と声をかけたとの書き方に奇異を感じられるかもしれません。

義父・平井徳左衛門は、祐利の面倒をみていた平井治左衛門の弟で、兄に次いで祐利の家臣を自任していました。義理の父親であり家臣でした。

〝百姓・五郎右衛門の家臣が武士・平井徳左衛門〟と云う不思議な構図になっていたのが、五郎右衛門（飯地・伊東）家の特徴です。

そして、祐利の嫡男・伊平治（二代目五郎右衛門）が早逝したため、五郎右衛門・伊平治の息子である宇兵衛の後見として父親役を担っていたのでした。


タニシは別名〝ツボ〟とも呼ばれていました。焼き物の〝壷〟に形が似ていたからです。

わらべ歌に「ツボさん、ツボさんお彼岸参りに行きゃせぬか（行きませんか）わし（私）もちょくちょく行きたいが　カラスと云う黒鳥が目《めめ》つつき鼻つつき　それでよう参らぬの」と云うのがありました。

古くからタニシや稲田とカラスの関係が知られていました。

しかし、少々この歌詞に違和感も覚えます。

お彼岸参りに「ちょくちょく行きたい」と言っていますが、お彼岸に先祖の墓参りは習慣になっていましたが、春、秋の二回だけの筈です。

そしてタニシは鰓で呼吸をします。「鼻つつき」はカラスにとっても迷惑です。

「たかが、子どものわらべ歌」と言えばそれまでですが・・。

宇兵衛は先端に葉が付いた細長い竹の棒を担いで走り出しました。後を番犬であり優秀な猟犬でもあったクロが追いかけます。

カラスを追い払うことのみに集中し、行く手に待ち受けるマムシの危険性は全く脳裏から欠落していました。

そのマムシがトグロを巻く直前で気づきました。マムシは首を持ち上げ宇兵衛をにらみつけています。加速のついた宇兵衛はもはや立ち止まることは不可能です。飛び越えようとしました。しかしマムシは宇兵衛の右踵にしっかりと喰らいついて来ました。

「ワンワン、ワンワン」とクロは鳴き叫び異変を知らせながら、自らもマムシに食いつき、引き離そうと頑張っています。

クロの異常な叫びに気付いた徳左衛門は駆け付け、腰の小刀でマムシの首を切り、宇兵衛の踵に食い込んだ牙を抜き取り、傷口を更に小刀で切り開き、流れる血と共にマムシの毒を吸い続けたのでした。

平井徳左衛門は武士としての誇りからいつも小刀を腰に手挟んでいたのでした。

傷口を吸っては、吐き出し、吸っては吐く、を何度も繰り返し、毒が全身に廻らないようにと手拭いで足首を固く縛り、抱きかかえ家へと走り、布団に寝かせつけました。

徳左衛門は直ちに、切り捨てたマムシの元へ戻り、皮を剥き串刺にし、炭火で焼き始めたのでした。この作業は家人には手を付けさせず、すべて一人でこなしました。

当時、マムシに噛まれた傷には、マムシの黒焼きが特効薬だと信じられていたのでした。

時間をかけゆっくりと炭火の遠火で、水分が抜け硬くなるまで黒焼きにしたマムシを、薬研を使って〝特効薬〟を作りました。

座敷に寝かせられた宇兵衛は、高熱を発し激しい息遣いでまる二日間、意識もうろうとした時間を過ごしました。

マムシの黒焼き粉末を飲まされ、傷口はマムシ焼酎で湿布されてはいましたが、片時も離れず付き添う母親が、冷やした手拭いを額に当てる以外、誰も何もすることがありません。ただ心配し見守るだけです。

勿論、母親は熱で熱くなった手拭いを何度も冷水で冷やし続けていました。

そんな中、母親が可愛がるシロが「クンクン」と宇兵衛の頬をなめ、家族の一員として心配そうに、見守っていました。

この時、五郎右衛門宅にはクロとシロの二頭の犬が飼育されていました。

クロは、猟犬と番犬を兼ね、屋外で飼育されていたのですが、シロは室内で家族として生活していたのでした。

宇兵衛がマムシに噛まれ瀕死の床に就いている間、夜も眠らず必死に看病してくれたのは母親です。「当たり前」と思われるかもしれませんが「当たり前」では無かったのです。

実はこの母親は、最近まで五郎右衛門宅から少々離れた十日神楽《とおかぐら》（現・岐阜県加茂郡八百津町塩見十日神楽）に住んでいた懐かしい実母だったのです。

実父・伊平治の第二夫人でした。

伊平治が亡くなると、後見として平井徳左衛門が当主役として、故・伊平治正妻の後婿（こんな言葉が有るのでしょうか〝後妻〟に対する〝後婿〟です）として、実質的伊平治の後継者としての地位を継いだのです。

しかし徳左衛門が婿入り後、しばらくして、妻も風邪をこじらせ旅経ってしまいました。

後婿が後妻を迎える

後婿である徳左衛門は、伊平治の第二夫人を後妻として迎えたのでした。

「後婿が後妻を迎える」少々変な構図ではありますが、伊平治の血統を守り、宇兵衛を実母と暮らさせる、これが徳左衛門として最良の選択でした。

男女の機微・情愛より、家臣として、伊平治の血統を守る義務感が強かったのでしょうか。

後婿と後妻は、その後一子に恵まれております。

しかし徳左衛門は、この実子より伊平治の遺児三人の養育に力を注ぎました。

宇兵衛の弟・行市坊《イクイチボウ》は盲目です。それぞれ別の養育をと考えた徳左衛門は、宇兵衛の相手役として、自分の甥である平井門助を呼び寄せ、剣術に書写、算術などを一緒に学ばせました。

しかし表向き身分は門助は士分であり、主の宇兵衛は百姓です。

畑仕事、薪割りなどにも一緒に学び、働き、徳左衛門の思惑通り逞しく成長する二人でした。山仕事をしながらでも子ども同士です。遊びの話が中心になりました。〝魚釣り〟〝へぼ（クロスズメバチ）採り〟〝小鳥を捕まえる罠〟ほとんどが門助主導で楽しい幼少期を過ごしました。

徳左衛門の実子を含め複雑な人間関係でしたが楽しい一家でした。

日本に生息する毒蛇は、マムシと沖縄に棲むハブが知られていますが、もう一種類ヤマカガシと云う猛毒を持った蛇がいますがあまり知られていません。その毒は、ハブやマムシの三〜九倍と云われています。

ヤマカガシはおとなしい蛇で、人を襲うことはほとんどありません。

その猛毒は上顎の奥歯にあり、カエルなどの獲物を飲み込むとき逃げられないよう、内側に釣り針のように曲がっています。

もし人が噛まれても構造的にこの歯によって毒を注入されることはありません。

一九七二（昭和四二）年、（岐阜県だったと記憶していますが）中学生が自分の強さを見せつけるため、捕まえたヤマカガシの口の中へ指を入れ振り回し、結果死に到り〝毒蛇〟と知られるようになりました。

事故数も少なく、マムシ毒やハブ毒のように、血清の準備もあまり進んでいません。決してヤマカガシの口に指を突っ込んではなりません。

喜ぶべきことか悲しむべきことか、農薬のせいで、ヤマカガシの餌となるカエルが激減しヤマカガシも他の蛇も見かけることが少なくなりました。

イヌはもともとボスを中心に群れで狩りを行う生物です。

ボスを先頭に、ボスの指示に従い、協力し獲物を倒し、過酷な自然界を生き延びた動物です。

生き延びる術として、ボス、二番手、三番手・・最後尾と厳しい序列が出来上がりました。

ボスの命令は絶対です。二番手以降がしゃしゃり出ることは絶対に許されません。

人間が、この習性を利用し、猟犬として飼いならしました。勿論飼い主がボスであり絶対者です。

牧羊犬、番犬としても利用しました。飼い主に逆らうことは許されません。

しかしヨーロッパ貴族を中心に、（イヌ本来の習性を無視し）愛玩用にと改良が試みられ室内犬が誕生しました。

同じ犬でも室外犬と室内犬とでは、子犬時からの躾方が異なります。

室外犬は飼い主が絶対です。我儘は許されません。

室内犬には飼い主に甘えさせることが大切です。飼い主は、猫可愛がりではなく、犬可愛がりです。

ヨーロッパで、上層階級の間に、室内犬の飼育がステータスのシンボルとして流行し、様々な犬種が開発されました。

中国でも開発され、朝鮮半島を経てわが国へも伝来しました。この室内犬を〝狆（チン）〟と呼びます。

日本でも、大名、旗本など上層武士の家庭で狆の飼育が流行《はや》りました。勿論ステータスシンボルです。世話役は奥方など、ほとんどが女性です。

五郎右衛門家でも元大名家としての誇りが忘れられなかったのか、百姓を名乗っているにもかかわらず、狆を飼っていました。

室内で運動させるため、部屋と部屋の境の壁にも、狆が潜り抜けられるよう、通路が準備されていました。〝狆潜り〟と云います。

著者が管理する屋敷にもこの狆潜りが二か所存在します。単なる通路ではありません。装飾まで施されているのです。ステータスシンボルとしか考えられません。

狆は日本で改良された日本独自の犬種との説もあります。

宇兵衛の傷口に湿布薬として塗布されていた蝮焼酎は、当時風邪にも腹痛にも効く、勿論マムシに噛まれた時にも効く、万能薬と考えられておりました。

野外でマムシを見つけると棒などで叩き、半殺しにしたマムシを焼酎に漬け込みます。

この万能民間薬は、ほとんどの家庭で作られ保存されていました。古くなればなるほど効き目があると信じられておりました。

マムシに噛まれてまる二日が過ぎるころ、黒焼き粉末が効いたのか、それとも蝮焼酎が効いたのか、熱も下がり意識が徐々に戻ってきました。意識が戻ると逆に痛みが増し熟睡は出来ません。

ウトウトと夜を明かしました。そんな宇兵衛を心配するかのように片時も離れずシロが添い寝していました。

勿論、宇兵衛の横には看病疲れの母親も、布団に横たわっています。

三日目の明け方です。

宇兵衛は痛みも和らいだのでしょうか、スヤスヤと寝息をたてていました。

安心したのか、シロも両前脚の上に首を乗せ、目を閉じています。

暗闇がゆっくり去ろうとし始めると、チュンチュンとスズメの鳴き声が始まりました。小鳥たちには目覚めの時刻がやってきたのです。

そんな時でした。庭木の枝からウグイスの大声が響いてきました。一度ではありません。三度、四度とだんだん鳴き声が大きくなります。普通なら「ホーホケキョ（法法華経）」と聞こえたはずですが、宇兵衛には「モーオキヨ（もう起きよ）」と聞こえたのです。それも繰り返し。ウグイスに馬鹿にされたのです。

うわ言のように宇兵衛は「うるさい！」とつぶやきました。

気付いたシロは座敷から障子際の廊下まで走り寄り「ワンワン」と吠えます。気づいたクロもウグイスの止まる枝の下へ走り、野太い声でウグイスを追い払ったのでした。

二頭の犬によって静けさを取り戻し、と言っても相変わらずスズメの「チュンチュン」は続いていましたが・・　昼ころまで宇兵衛は熟睡することが出来ました。

家人たちも心配そうに見守りながら静けさを保つよう気に掛けたことは当然です。

午後になり、布団の上に座るまでに回復を見せました。

宇兵衛の右脚は、太ももと同様、凹凸の無い丸太のようにはれ上がっていました。

しかし母親の準備した粥をすすることが出来ました。勿論その前に徳左衛門によって蝮の黒焼き粉末は飲まされていました。

蝮の黒焼き粉末と蝮焼酎が効いたのか、日に日に回復を見せ家族を喜ばせたのですが、傷口は痛み、いつもの剣術稽古は無理です。

このまま後遺症が残るなら、剣術より学問で身をたてさせた方が良いのではと、徳左衛門は考えました。

これも、百姓の倅に対する武士である（義）父として〝奇異〟な心情です。


〝奇異〟と云えばまだ他にも〝奇異〟な事実がありました。

前述しましたが、剣術や学問の仲間として、年齢が宇兵衛より一つ若い、平井徳左衛門の甥にあたる平井門助が連れて来られたことです。

百姓家の子の相手役に武士の子が連れて来られたのです。

百姓家の働き手としても期待されたのでした。


門助は宇兵衛の仲間としてだけではなく、畑仕事にも精を出しました。

徳左衛門の指導により、宇兵衛は門助と一緒に、かじかむ手に息を吹きかけながら麦踏みをしたことを懐かしく思い出します。

家の裏から横へかけての斜面を畑に耕し、麦を蒔きました。麦は蒔き時期をほとんど選びません。簡単な作物です。

この時、秋の終わりに種を蒔きました。

寒さで畑に霜柱が立つことが最大の敵です。根が持ち上がってしまうからです。

その霜柱が立たない様、蒔いた種麦の上をくまなく踏みつけるのです。

麦は丈夫な植物です、若い麦の芽は踏みつけられても枯死することなく、かえって根の張りがよく丈夫に育つのです。

晩秋から春にかけて麦踏みは必須の作業でした。

山の斜面に階段状につくられた畝に、芽生えた麦をくまなく踏みつけるのです。

カニのように横歩きで踏み続けました。

宇兵衛に簡単な農作業をさせるとき、使用人ではなく、父親としてほとんど徳左衛門が指導したものでした。そんな時には必ず門助も一緒しました。

子どもの遊び1　ヘボ捕り

剣術稽古、学問の時間も過ぎ、畑仕事をしながら門助が語りかけました。

「宇兵衛さ（さん）、ママ（食事）食ったら、ヘボ見出しやろか（クロスズメバチの巣を探そうか）」

話はすぐに決まりました。

門助は田圃の畔で一匹の蛙を捕まえ、両脚首の皮を頭部へと引っ張り、丸裸にします。そして適当な細竹の先に突き刺し、宇兵衛の元へ駆け寄りました。

二人は、梅の木の下で、梢を飛び交う虫の羽音に耳を傾けました。

多数の羽音から一匹のヘボの存在を聞き分け、そっと裸の蛙を突き出しました。

すぐにヘボは蛙に止まり、鋭い顎で蛙の肉を噛みきり、運びやすいよう団子状に丸め運び去りました。

二人はその方向を見やり、再び帰ってくるのを待ちました。

飛び立った方向と、帰ってくる時間で、巣がある方向と距離の見当をつけるのです。

何度かヘボの往復を確認した後、蛙の肉を切り取り、小さな肉団子をつくり、真綿（カイコ繭から取った毛玉）で目印をつけ、再びヘボが肉団子を噛み切っている間に、そっと目印付きの肉団子とすり替えます。

ヘボが飛び立つと門助が目印を追いかけ、数回繰り返した後ついに巣穴を発見しました。

踵に傷を負った宇兵衛は、走ることは出来ません。ただただ門助を見送っていただけでした。

この日はここまでで、次は〝ヘボ囲い〟と云う作業が待っています。


〝ヘボ囲い〟と云うのは、山の斜面にある巣穴ごと、箱へ入れ持ち帰ります。

軒下などで、秋になり、巣が大きく、大きな幼虫が増えるのを待つことを言います。

ヘボは秋の味覚として珍重されました。

ヘボ囲いは所有権を示す大切な作業でした。


翌日、門助は板を削り、適当な大きさ（約三十センチ×二十センチ×二十センチ）の箱を作り、中に乾いた苔を敷き詰めます。

この巣箱には、二センチ四方くらいの、働き蜂の出入り口を作ります。

これで準備は終わりです。

そして働き蜂の殆どが巣に戻る夜を待ちます。

暗くなるのを待ち、稲わらに火をつけ、煙を巣穴から中へ送り込みます。

蜂を仮死状態にし、巣ごと働き蜂のなるべく全てと、必ず女王蜂を、準備した箱へ入れ持ち帰ります。

翌朝、早く目覚め、箱の出入り口から、働き蜂が出入りしているのを確認できたら成功です。

宇兵衛は門助と、毎朝出入り口を眺め一喜一憂です。

日増しに出入りする働き蜂の数が増えるのが楽しみです。

出入りする蜂の数が増えると云うことは、働き蜂が巣を大きくし、女王蜂が卵を産み続け、幼虫が増えている証です。

秋口、大きくなった巣から、沢山の幼虫を取り出し、醤油砂糖などで煮付けた〝ヘボ〟は秋の味覚として大好評でした。

この幼虫は受精卵から生まれ、女王蜂候補として、栄養豊かに丸々と育てられ、味覚も栄養価も満点です。

宇兵衛と門助は、この巣箱を数個軒下に並べ、家族たちの期待を受け、秋を楽しみに頑張ったものでした。


クロスズメバチは、働き蜂が約一センチ、女王蜂は一・五センチの小さなスズメバチの仲間です。体色は黒で、薄黄色の横縞模様が見られます。

他のスズメバチと違い、土の中に巣を作ることと、あまり攻撃的でないことが特徴です。

秋が深まると、羽化した女王蜂は年に一度の交尾をします。

雄から受け取った精子は受精嚢に蓄え、春まで餌を摂らず、樹皮の下で越冬します。

この厳しい冬を生き残る女王蜂はほんの僅かです。一パーセントにも満たないとされています。

冬眠から覚めると餌を摂り、自ら単独で巣を作り、受け取った精子は使わず、未受精卵からオスの幼虫を

育てます。(最初に何故雄を育てるのか分かりません)

次に精嚢から精子を取り出し受精卵から雌の幼虫を育てます。

厳しい越冬に耐えた女王蜂単独で・・。

雄の子を育てるか、雌にするのかは全て母親の(本能的)決定に従います。

雄蜂は普段全く何もしません。

雌蜂は巣を拡大し、餌を探し女王蜂が生んだ子育てに専念します。働き蜂と云います。

従って、宇兵衛と門助がヘボ捕りに利用した蜂は雌蜂です。

女王蜂が受精し、せっせと生み続けた雌の幼虫が、働き蜂に育てられるか、女王蜂になるかは、遺伝的なものではなく、与えられる餌の量と質によります。

秋になると、寒い冬を越せるのは女王蜂のみと云う現実から、子孫を残すため、働き蜂はせっせと巣を大きくし、女王蜂に沢山の受精卵を産ませ、栄養価の高い餌を与え、翌年の女王蜂を残そうと頑張ります。働き蜂自身の子孫を残すことはありません。

こうして育てられた次年の女王蜂は秋に交尾し、その後全く餌を摂ることなく、樹皮にもぐりこんで冬を過ごします。ほとんど生き残ることは不可能です。

次年の一匹の女王蜂を残すため、厳しい冬の前に多くの多くの女王蜂候補を育てるのです。

そのため、働き蜂達は巣を広げ、多くの栄養状態の良い幼虫を育てるのです。

この幼虫を狙ったのが〝ヘボ捕り〟です。

子どもの遊び2　魚釣り

困ったヘボの箱を見つめている宇兵衛に、「宇兵衛さ。魚《うお》釣りに行《い》こまいか（行きましょう）」と門助が声をかけました。

栗の木の下へ宇兵衛を伴い、「あのいかい（大きい）毛虫から釣り糸を作るんや」

「酢を持って来んさい」

宇兵衛は家へ戻り女中から欠けた茶碗に酢を貰い門助の元へ戻りました。

門助は竹竿で栗の枝から毛虫を叩き落しています。

「落といた（おとした）毛虫をここへ集めんさい（集めなさい）」

すべて門助の指示でことが運びます。

叩き落された適当な栗の枝で、箸を作り、恐る恐る大きな（八センチ以上もの）毛虫を門助の下へ運びます。

全身毛と棘で覆われ、とても素手で触ることは出来ません。

門助も、二本の細い枝を箸に、器用に毛虫の腹を裂き、内臓を取り出し、酢につけます。

内臓の中から糸の塊の様な物を取り出し、右手の親指と人差し指の爪に挟み、左手で引っ張ります。

白くて半透明な糸が長く、長く続きます。

「宇兵衛さもやってみんさい」

遊びでは門助に従わざるを得ません。恐々《おそるおそる》真似をしました。面白いほど細く長い糸が続きます。釣り糸です。

テグスと云います。〝テグス〟は日本語です。ご存知だったでしょうか。

現在はビニル製が主流ですが〝天蚕糸〟と書きます。

テグスは山繭蛾の蛹を覆う繭の元を、幼虫から取り出し、釣り糸にした日本の文化です。

ヤママユガ（山繭蛾）は黄茶色の前翅が約八センチもある大きな蛾です。四枚の羽根にある大きな目玉模様が特徴です。

チョウ目、ヤママユガ科の蛾で天蚕とも呼びます。

幼虫は四回の脱皮を繰り返し、自身のまわりに緑色の繭を作り蛹に変態します。蚕と同様、絹糸に利用されました。

カイコ蛾の繭から採れる絹糸より、天蚕繭からの絹糸の方が高級と云われました。

釣り糸・テグスは、最終齢の幼虫から繭の原料になる糸を取り出したものでした。


釣り糸が出来ると、二人は早速、釣餌となるミミズを堆肥の下から捕まえ、手作りの餌箱に土と共に入れ、雑木林の中を流れる小さなせせらぎへと急ぎました。

途中、宇兵衛はヤマツツジの枝にぶら下がるアシナガバチの巣を見つけ、親蜂に刺されるのもかまわず、手にした檜の葉で襲い掛かる蜂を叩き落とし、小さな巣を手に入れました。

ミミズより幼虫の方が釣餌に良いと思ったのでした。

遊ぶことなら何をやらせても年下の門助の方が上手《うわて》です。門助に一泡吹かせたいとの感情は仕方のないことでした。

見ていた門助は「そりゃあだちゃかんに（駄目だよ）」と言いましたが、宇兵衛には聞く耳がありません。雑木林をかき分け、細いせせらぎに面した岩の上に陣をとり、釣り針に幼虫を突き刺すと「ブッショ」と幼虫の内容物が流れ出てしまいました。

門助はミミズを付けた釣り針を流れにほうり込み「さっき、だちゃかんて言ったに」と笑いながら、アマゴを一匹釣り上げました。

暗闇も迫りこの日は、ここまでで引き上げざるを得ませんでした。

宇兵衛は、ミミズより蜂の幼虫の方が適していると思ったのですが残念でたまりませんでした。親蜂にまで刺され悔しいひと時でした。


ミミズは成体として筋肉や血管などが組織されているのですが、幼虫はこれから、蛹、成虫へとまだ組織が未分化で、組織化される前の細胞と組織液とが針の穴から流れ出したのでした。

子どもの遊び3　スッコクリ

稲刈り後の田圃は、ホオジロ、カシラダカ（カシラと呼びました）等、種子食性小鳥たちが集まって来ます。そんな田圃を見ていた門助が、「スッコクリをやろまいか（やろうよ）」と言い、馬の尻尾（毛）を数本抜いてきました。

馬の毛で罠を作り、稲藁をまるめ、棒に括り付け、それに落ち穂と、罠を仕掛け、落ち穂を狙った鳥を捕まえる子どもの遊び・猟でした。

その方法を宇兵衛に教え、二人でスッコクリ罠を準備し、田圃に立てかけました。

宇兵衛もワクワクしました。楽しい遊びでした。

翌朝、一羽のホオジロが掛かっていました。

首にかかった細い馬の毛から逃れようと必死にもがいたのでしょう。ホオジロの羽毛は鮮血に染まり、哀れな姿でぶら下がり、こと切れていました。

二人には、自分たちの罠に獲物が掛かった喜びが大きく、哀れなホオジロの姿には何の感傷もありません。

獲物の羽毛をむしり取り、串焼きにして二人で分け合い、成功を喜び合いました。

こうして、門助と宇兵衛の友情は硬く結ばれたのでした。

百姓が武士に苗字を与える

門助は宇兵衛の相手だけではなく、年齢と共に農作業や山仕事、年貢米の運搬などに精を出し、家人の誰よりよく働くと感心させられたものでした。

宇兵衛が元服し、五郎右衛門家の当主になる際、平井門助に対し「伊東を名乗ることを差し許す」と言っていることです。

門助は武士の子弟です。すでに平井を名乗っています。

百姓が武士に対し苗字を与えると言うのです。

〝平井〟より〝伊東〟の方が格上だと考えられていたのでしょうか。

〝奇異〟な出来事です。

この辺りにも〝五郎右衛門家〟〝隠れ伊東家〟の本性が見え隠れします。

平井徳左衛門は、表向き〝百姓〟を名乗る〝(隠れ) 伊東家の後継者を育て上げることが自分の責務である〟と覚悟していました。

百姓の子育てに腐心する武士・平井徳左衛門

徳左衛門には、まだ大きな課題が残されていました。

宇兵衛の弟が生まれつきの盲目だったことです。父親である故・伊平治によって行市坊《イクイチボウ》と名付けられていました。


生まれながらの盲目の原因は、母親が妊娠初期にトキソプラズマに感染したからだと考えられます。トキソプラズマは、寄生性の原生生物です。猫の糞からヒトへの感染が知られており、特に妊娠初期の女性が感染すると、生まれる子どもの視力に障害が現れると云われています。

行市坊の生母がネコを〝猫可愛がり〟していたのでしょう。


この障害を持った息子を〝芸〟で身を立てさせようと実父・伊平治は考えており、徳左衛門もこの意思を継がねばと考えておりました。

更に伊平治にはもう一人女の子がいました。

この子にも、元大名家の姫として、それなりの格式で嫁がせねばなりません。それも隠密裏に。全く矛盾した課題が、徳左衛門に重く圧し掛かっていたのでした。

嫁ぐ相手方にもそれなりの格式と豊臣方に好意を持っていることが最重要課題でした。

この一人（義）娘もやはり河方氏の勧めもあり、元稲葉家の家臣であった隣村・蛭川村の大百姓に嫁がせることになりました。この時、花嫁の世話役として三人の男女を供に送り込んだのでした。

上流武士階級の輿入れそのものでした。まさに姫君の輿入れでした。

五郎右衛門（伊東）家の恥にならないようにと、この莫大な経費も徳左衛門が工面したものでした。

徳左衛門は、日の傾きかけた夏の夕方、水を湛えた溜め池へ宇兵衛と行市坊とを一緒に連れ出し魚釣りをさせました。

ため池の縁に生い茂る叢《くさむら》には一匹のマムシが、獲物であるカエルの接近を待ち受けていました。釣り竿の先に気を取られていた三人は、マムシへの警戒が意識から消えていたのでした。

「釣れた」と最初に喜びの声を上げたのが行市坊でした。そして、しばらくして再びフナを釣り上げたのも行市坊でした。

行市坊がたて続けに二匹を釣り上げたのは、全くの偶然ではありましたが、これこそ徳左衛門の思うつぼでした。

目の見えない行市坊に鋭い勘を養うことだったのです。

そして行市坊に自信を持たせることです。

弟に先を越された宇兵衛は釣り場を変えようと草むらに足を踏み入れました。

その時、行市坊が「危ない」と叫びました。

そうです。マムシが待ち構えていたのです。

行市坊の叫びと同時に、横へ跳び徳左衛門の投げた小刀がマムシを両断し、事なきを得ました。

行市坊の鋭い勘が宇兵衛を助けたのでした。

この時マムシに噛まれていたら、命を落としていたかもしれません。


アナフィラキシー（急性アレルギー反応）と云って、免疫が出来たばかりの時に、再び大量の蝮毒が入ると命の危険性が大きいのです。


行市坊の鋭い感覚のおかげで、宇兵衛は命拾いをしました。

徳左衛門は宇兵衛と共に行市坊にも剣術の稽古を課してはいましたが、それは、襲われた時の防御であり、相手への攻撃が目的ではありませんでした。

平井徳左衛門は兄・治衛門と共に和知時代から初代五郎右衛門（伊東祐利）の門弟であり、師から厳しく剣による相手の殺傷を戒められていました。

袋竹刀での稽古に明け暮れていたものでした。

「剣とは心を無にし、一点に集中すること。心身の鍛錬」と教え込まれ、師への敬愛からのみで、何の見返りも求めず、現在があるのでした。誇り高い武士が百姓の家来になったのでした。

そして今、三人の養育が徳左衛門の双肩に圧し掛かっているのでした。

盲目であっても常人以上に勘の鋭い行市坊に敬意すら感じ、もはや（義）親離れしても大丈夫だと確信する徳左衛門でした。

東山天皇の前で演奏　行市坊

この行市坊を、河方氏の勧めもあり、京の都で名高い琵琶の師匠に入門させることになったのです。

師匠への謝礼、行市坊と世話人の生活費に莫大な経費が掛かります。

この費用の大部分は河方氏の奔走で、借金の目途も付き、（義）息子の京都行きを決意した徳左衛門でした。

結局この大きな借財が五郎右衛門家に残されることになったのでした。


京の都では、人一倍修行に励んだ行市坊の琵琶の音と、美声は貴族女性の間で評判を得るまでになったのでした。

そんな行市坊の噂を伝え聞いた東山天皇が御所へ呼び出し、演奏を所望したのでした。

前代未聞の出来事です。

身近に仕える女姓たちの機嫌をとることが目的だったのかも知れません。

恐れ多いことと、師匠は使いの者に固辞させたのでしたが、許されることもなく、師匠ともども参内することになりました。

顔も引きつり、恐れおののく師匠とは裏腹に、行市坊は平然としています。若さゆえ社会のしがらみ・恐れを知らなかったからなのでしょうか。

掻き鳴らす琵琶の音に合わせ、壇ノ浦での平家の末路を、情感込めて語り（唄い）ました。年老いた東山天皇は、感動からかうっすらと涙を浮かべ聞き入っていましたが、演奏が終わるとにっこりと笑みを作り「褒美を取らせよ」と一言、席を立ったのでした。

多額の金子でしたが、師匠は「自分のために使え」とすべて行市坊に託してくれました。宝永五（一七〇八）年のことでした。

その後、天皇から与えられた現金は、飯地五郎右衛門家の田園拡張資金にも使われたのでした。徳左衛門は戻ってきた行市坊のため、少々離れた大根《おおね》（大根山の麓）に家を建て、別家させました。行市坊はこの大根屋敷を本拠地として、田圃の開墾に生涯を捧げることになりました。

蝮の後遺症が残る宇兵衛は、剣術稽古より学問を厳しく躾けられるようになりました。手習い（字の練習）、論語の素読、その意味も考えさせられたのでした。

そして算術です。足し算、引き算、珠算。掛け算の九九《くく》暗唱だけではなくその意味「三人の子どもに団子を二個ずつ配ると、二たす二たす二で団子の数は二三《にさん》が六」と。

この九九は毎日母親の前で、声を出して暗唱させられました。

算術で宇兵衛が特に興味を示し励んだのは、図形の面積についてでした。三角形、四角形、円形の面積でした。これら図形の面積算出法が田圃面積算出（検地）の基礎になっているからです。祖父・伊東五郎右衛門祐明《スケアキ》（前名・豊臣祐寿《スケヒサ》）が稲葉家の家臣として勘定方を務め検地に貢献したと聞かされていたからです。

祖父・伊東五郎右衛門祐明は、徳川軍に敗れ落ち武者狩りの対象であり、豊臣祐寿から、名前を変えた匿われの身でした。

実際に野外で検地に携わったことは無く、検地役の武士によって描かれた図面をもとに屋敷内で面積を算出したと聞いています。

縄と細い竹竿を下男に持たせ、田圃の形に応じ縦、横、斜め等、縄を張りその長さを、書き止め持ち帰りました。書き止めた図形内に当てはまる円や三角、四角を書き込み、面積を出す、実際の測量法まで祖父の跡を辿るまでになっており、徳左衛門を喜ばせました。

宇兵衛を五郎右衛門として家督を継がせる時期だと思いました。

武士としての成人式・元服の儀式を行い、宇兵衛を改名し伊東五郎右衛門・祐周《スケシュ》を名乗らせました。

五郎右衛門・伊平治の嫡男として、三代目五郎右衛門・祐周です。

元服の儀式とはいえ、頭の格好は武士ではなく百姓髷のままでした。

奇妙な家系

この時、宇兵衛改め五郎右衛門・祐周は、自分たち兄弟や姉を我が子以上に面倒を見、養育してくれた義父に対し、感謝の気持から「義父上《ちちうえ》こそ三代目です。自分は四代目です」と言い張り、ここに奇妙な家系が出来上がったのでした。

百姓五郎右衛門家（隠れ伊東家）の初代が五郎右衛門・祐利、二代目が五郎右衛門・伊平治、三代目は（武士）平井徳左衛門、四代目が元に戻り百姓五郎右衛門・祐周です。

徳左衛門は（隠れ伊東家）百姓・祐利とその子である百姓・伊平治の家臣でありながら、武士の誇りを捨てきれず平井を名乗り続けていたのでした。

そして伊平治亡き後、宇兵衛の後見としてのみでは無く、（隠れ伊東家の）当主の務めも果たしたのでした。

祐周（宇兵衛）に家督を譲った後、平井徳左衛門は実の息子を連れ、木曽川縁の川平《かわひら》に家を建て住み着きました。

木曽川を往復する、筏流しや川狩り人夫（筏に組まず、丸太のまま材木を流す労働者）用の宿（狩り宿）の主として、収入の殆どを五郎右衛門宅へ届けたのでした。

故伊平治の遺児三人の為とは云え、多額の借金を五郎右衛門家に残し、兄・平井治左衛門にも頼り必死に返済のため働き続けました。

多額の借金は行市坊、宇兵衛等の養育だけではありませんでした。

大名家の直系、隠れ伊東家に相応しい家屋敷の建設に奔走していたのでした。

結局、宇兵衛に四代目を譲った後、元文二（一七三七）年、最初に河方氏から紹介された、平家の落人が住んでいた屋敷跡に、元大名家に相応しいと思われる（隠れ）伊東家の屋敷を完成させたのでした。

現・恵那市飯地町十番地で、筆者が管理に心血を注いでいます。

平井兄弟が何故ここまで（隠れ）伊東家に尽くしたのかは、分かってはいません。

この兄・平井治左衛門は前にも触れましたが、隠れ伊東家の初代・祐利とその一統を和知から飯地へ案内した人物です。年老いた平井治左衛門は弟が残した借金返済のため、宇兵衛の後見として川平の弟宅を拠点に木曽川を利用して材木を桑名や名古屋へ運び、懸命に働いたのでした。

尚、この時、飫肥藩・伊東家より多額な金銭が、高野山〝常喜院〟を通じて、送られ田圃の開墾にも使われました。

日向飫肥・伊東家と飯地隠れ伊東家の接点　高野山

徳川幕府の命により、各大名家の墓所が高野山奥の院付近に集められました。

日向飫肥・伊東家の墓所もその一角に建てられており、菩提寺は常喜院《じょうきいん》と云う古刹です。

飫肥、飯地両伊東家では墓参を名目に密かに常喜院で接触し、飫肥より飯地への経済援助が行われていたのでした。

日向・伊東家の墓所　高野山

さらに、治左衛門は宇兵衛の才能を見極めるべく、密かに苗木藩々医・桃井養運《ヨウウン》医師に面会させたのでした。

珠算、和算に秀でているばかりでなく、図形の面積も簡単に導き出す能力に感心させられた桃井医師でした。

勘定方を務める藩士より実力が上回っているのではと思いながら「もっともっと学問に励みなされ」

「いつでも訪ねて来なされ」と、別れ際『算学の書』をも貸し与えてくれました。

宇兵衛　陰で検地を主導

やがて城中でも算術に優れた百姓の噂が流れるようになったのでした。

これを聞いた城代家老も「さもありなむ」と納得していましたが、初めて聞いたふりを装いました。隠れ伊東家については先代からも伝えられていました。

これが縁で、百姓身分のまま苗木藩勘定方の手伝いを要請されたのでした。

苗木藩の為に役に立つことは、初代が匿われる条件の一つでもありました。

この時、藩としても宇兵衛の力を借りなければならない状況が迫っていました。

藩内田地の正確な検地を幕府から命じられていたのです。

もはや徳川方による豊臣側残党の詮議も厳しくはなかろうと、家老も判断したからです。

高野山・常喜院

しかしこの秘密は則近にも明かしませんでした。

城から連絡を受けてから宇兵衛の苦労が始まりました。

絶対に身分は隠し通さねばなりません。

検地を行うのは勘定方武士でなければなりません。

自分は従う百姓を見せかけねばなりません。

記録係手伝いのふりを装わねばなりません。

現場へは一足先に駆け付け素早く対象田地の図を描き移します。

その後、物々しく検地竿や縄を持った侍の集団が現れます。

素早く勘定方の武士に、実測する場所を密かに指示します。

侍は検地竿を二か所に立て、その間に縄を張り長さを測り、威厳を見せつけるように大声で叫びます。

「イ　三間六尺」「ロ　二間三尺」などと。

素早く、宇兵衛は記録し、次の場所を支持します。

この繰り返しで一日が過ぎます。

宿に戻り、ろうそくの明かりを頼りに、面積の算出が夜遅くまで続きます。

同宿の侍たちは酒を飲み、大声でその日の苦労話に花をさかせています。

このような日々の繰り返しでした。

遠方での調査が終わり、城へ戻ってからが宇兵衛の本番でした。

検地区域全体の面積を算出し、密かに桃井医師と検討を重ね、奉行に提出しなければなりません。

城中控えの間で毎晩遅くまで、計算に没頭する宇兵衛の姿に、検地を表向き主導した勘定方役人は「手柄を百姓風情に奪われるのでは」との恐怖と怒りが募ってくるのでした。

城中で夜遅くまで、宇兵衛が仕事をするようになると、勘定方も、気が気ではありません。それまで退出時刻が来ると、まっすぐ屋敷へ足を向けていたのですが、このところ毎晩のように居酒屋へ立ち寄り、うまくも無い酒を黙然と口へ運ぶ姿を見るようになりました。

そんな姿を、土地のごろつき達も目ざとく見つけ「旨い話はないか」とそれとなく観察を続ける日が続きました。

苦虫を噛み潰したかのように、不機嫌そうにいつもより酒の量が多いことに気づいた親分が、銚子と猪口を差し出し、「旦那、いっぱい付き合っておくんさい（ください）」

「どうかしんさったか（しなさったのですか）」

「・・・」

「まぁ一杯やりんさい」と酒を勧めます。

勘定方も杯を手に取ってしまいました。

繰り返しているうちに、杯から升へと変わるのに、さほど時間はかかりませんでした。

ついに親分の計略にかかる時が来ました。

硬かった口も次第にほぐれ、気がめいっている思いを吐き出してしまいました。

「そんなことを悩んでおらしたか（おられたのですか）」「世話無いこっちゃ（簡単なことだ）おらに任せときんさい」「あんばよう（上手く）やったら、褒美は弾んでおくんさいや」

親分は手下と共に、宇兵衛の密かな殺害方法を打ち合わせたのでした。

こんな小さな城下町ですが、町人や百姓衆を無理やり博打場へ誘い込んだり、商家から用心棒代を強要したりする小悪党の存在も世の常でした。

宇兵衛の役目も終盤にさしかかっていました。

この進捗状況を勘定方役人から聞き出した親分は、明日と判断したのでした。

殺し屋に襲われる宇兵衛

翌日の夕刻、仕事を終えた宇兵衛は城を退出し、城門を出ると家臣（と呼んでいいのでしょうか）たちが一人、二人と人知れず数名が現れました。主人の危機を心配していたのでしょうか。

山からは不吉を予知するかのように、数羽のカラスが泣き叫ぶ声が響きます。

このまま飯地まで戻るのには遅すぎます。

山際の斜面に腰を下ろし「今夜は途中（蛭川）で一泊しよう」と相談がまとまりました。

全く無意味な相談でした。誰の頭にも蛭川の宿に泊まる以外、野宿しか考えが浮かび得ない当然の結論でした。

小休止を終え出立しようと立ち上がると、またもや不気味にもカラスが鳴き叫びます。

無言で坂を登り始めると、殺気が取り囲んでいます。敵も五・六人いるようです。

「殺すな」と宇兵衛は命じました。

薄明りの中、匕首や刀が宇兵衛めがけて襲い掛かってきました。

土地のやくざ等、宇兵衛にとって敵ではありません。

宇兵衛は家臣から刀を借り受け、刀を返し峰内で、たちまちヤクザ共を叩きのめしました。

匕首や刀を握る右腕と腰に強烈な打撃を加えたのでした。

相手は宇兵衛一人を狙ったのが、むしろ相手に幸いしました。

右腕と腰に打撲を与えられただけですんだのですから。

家人と刃を交えていたら打撲だけですまなかったのかも知れません。

宇兵衛は親分に刀を突きつけます。

「お助けを。命ばかりはお助け下さい」親分はこの時、丁寧な言葉で命乞いします。

「殺しはせぬ。耳と鼻を削ぎ落すだけで勘弁してやる」祖父・祐利が和知で隠密共に言ったセリフを繰り返したのでした。

祖父が和知時代、隠密と戦った武勇伝は、祖父からも父からも繰り返し聞かされており、自分にもそんな機会が巡ってこないかと、心待ちしていた宇兵衛です。

「助けてくりょ。助けてくんさい」「まぁ（もう）悪いことしぃへえんで　許いておくれんさい」等々腕や腰を打たれた痛さを堪《こら》えて頭を下げ続けます。

「本当に悪いことしぃへんか」「許いてやるで、今夜のうちにご領内を出ていかっせ」

ならず者一行はこそこそと姿を消しました。

おそらく苗木の城下町には帰らないだろうと思いました。

彼らに宇兵衛殺害を命じた勘定方の旦那が待ち受けているのですから。


「自分は息子の父親」？


この騒ぎから、途中で一泊する気にはなれず、夜を徹して山道を登り、飯地へ戻った宇兵衛一行でした。

疲れと安心から自分の布団で熟睡した宇兵衛は、目覚めると食事もとらず日記帳に書きつけました。

「**勘定方八十吉の父也**」と。

自分のことを「息子の父親」表現しているのです。

どうしても、自分の誇りを書き残したかったのです。

それも自分にしか分からない方法で。


騒ぎの後、分かったことですが、宇兵衛たちが襲われた近くに、死体を埋める一人分の穴が準備されていました。

宇兵衛を完全に消し去ることが目的だったのでしょう。

ならず者たちは、宇兵衛に仲間が居ることを知らなかったのでしょうか。

全員を殺害し埋めてしまわねば証拠隠滅にはならなかったはずですが・・。

宇兵衛も、相手に分らぬよう警戒していたのです。

花馬騒動

宝暦九（一七五九）年のことでした。

この年は、まだ宇兵衛が四代目五郎右衛門を名乗っていましたが、嫡男八十吉も成人し、そろそろ自分は隠居して八十吉に五郎右衛門を譲る時が来たと思っていました。

そんな時、飯地村の庄屋に不都合があり、密かに若い八十吉が後見を務めさせられていました。

昨年から雨が少なく、この年も日照り続き、田圃は渇き二年続きの不作に人々は怯えていました。

行者を呼び雨乞いの儀式も行いましたが効果はありません。

雨が降るか降らないかは死活問題です。不安な日々が続きました。

そんなある日の夕暮れ、行者のなり（恰好）をした老婆が、ひっそりと庄屋屋敷を訪れました。

この時、前庄屋の助蔵《スケゾウ》が急死し、嫡男・儀右衛門《ギエモン》が後を継ぎましたが、儀右衛門はその任に耐え得る人物ではありませんでした。

少々知的に問題があったのでしょうか。

これまで五郎右衛門家は、影の存在を貫き通していましたが、仕方なく五代目五郎右衛門を継ぐ八十吉が、後見役として庄屋の役職をこなしていました。

しかし庄屋屋敷で生活していたわけではありません。

必用に応じて助言するのであって、影に徹していましたが、儀右衛門にはその後見が鬱陶《うっとう》しくてたまりませんでした。

村役たちも自分の意見にはほとんど耳を貸しません。

すべて「八十《ヤソ》さ（さん）」ばかりです。

でも自分が庄屋・儀右衛門です。

そんな儀右衛門に目をつけていた人物がいました。苗木藩のおさへ《え》（南部を支配する）奉行です。

いや目をつけられていたのは儀右衛門ではなく八十吉でした。

「八十吉とは何者なのだ」「八十吉の家は藩も知らない大百姓ではないか」と。八十吉本人だけではなく宇兵衛であり、隠れ伊東家でした。

殆ど年貢が徴収できない極貧の地だと聞いてはいましたが、裕福な暮らしぶりが風の便りに聞こえて来るからでした。

この時（隠れ伊東家）としての年貢は飯地村分として納めていました。

年貢高は収穫に対し一割七分九厘（免・一つ七分九朱と云いました）でした。

藩としても江戸屋敷焼失で立て直しに物入りな時です。八十吉家を没収すれば自分の手柄になり、出世にもつながるとの下心でした。

こんなおさへ《え》奉行の疑問は、的を射ていました。

鉄砲隊・河方一族が拠点とする塩見を除いて、〝人も住めない極貧の地〟が表向きの飯地村でした。

そして河方一族は御被官と云い、年貢は免除されています。

隠れ伊東家から年貢米が収められているとは云え、飯地村全域の面積から見れば、年貢高は多いはずはありません。未開の山林が多いのですから。

しかも、遠山一族が密かに匿う豊臣方大名の末裔が、元大名家の矜持を保ちながら暮らす隠れ里だったのです。

苗木藩としても、遠山当主一族と家臣との間に、認識のずれがあっても不思議ではありません。ほとんどの家臣にも秘密にされていたのですから。

老婆は、八十吉が庄屋屋敷を離れ自宅へ戻ったことを確認後、訪れたのでした。

儀右衛門は名目上の庄屋ではありましたが、八十吉に一切を任せ、他の村役たちとも付き合いはあまりありませんでした。少々その事実に不満を感じていました。自分こそ庄屋であると。

「雨が降らない」「稲の生育が悪く心配」「雨乞いまでやっても、日照りが続き困惑している」等々話しました。

そこまで聞くと老婆は、「お前様こそが庄屋様や。八十吉や村役などに絶対知られないよう、親しい者五、六人を集めろ」と言いつけました。「神様に聞いてもらえるような雨乞い祭りをやろまいか」と言うのです。

「雨乞い祭り当日まで、絶対他人《ひと》に知られてはならぬ」と厳命しました。

暗闇の中、儀右衛門が屋敷を飛び出してから一刻（約二時間）後、本人を含め九人の男たちが、三三五五と集まってきました。

老婆は昨年からの稲の出来具合、雨乞い儀式に呼んだ行者の名、儀式の手法など詳しく聞きました（聞くふりをしました）。

「そんなこっちゃ　だちゃかんわ（埒《らち》が開《あ》かん・ラチャカン、そしてダチャカンになり、駄目だの方言）」

「花馬を引かっせ（ひきなさい）」

「花馬ってなんやえも（なんですか）」

「馬の頭に花笠を冠せ、金や銀、赤や青のつぎ（布）で馬の身体を美しゅう飾ることや」

「金や銀は無いわ」

「こないだ（以前）行者が使った幣束が残っとるやろ　神様のところ（神社）にも幣束はあるやろ」

「花馬を三・四匹作り、村中を引きまわすんじゃ」

「なるべく、派手にやるんやぞ」「鐘や太鼓をならいて（鳴らして）」

「お祭りや。大勢でやるんやぞ。酒を飲んでもええで（いいから）神様に聞こえるように、大声で」

「雨のお恵みを！豊年じゃ、満作じゃ、とな。派手にやるんやぞ」

「ええか。絶対に、その日まで八十吉や村役に知られたらあかんぞ」

「知られたら絶対に雨は降らんようになる」

次の晩から人知れず花馬祭りの準備をする儀右衛門たちでした。人知れず当日の人員確保や酒の準備に走り回りました。

「ドンドン　チンチン」鳴り物入りで「豊年だぁ」「満作だぁ」と大声が上がりました。

宝暦九（一七五九）年六月の早朝でした。

「なんや　ありゃ」「今日はお祭りか」まだ布団の中にいる村人たちを驚かせました。祭囃子そのものです。

そして大騒ぎする人の声です。

今日は何の祭なのか全く知りません。

「酒もまんま（握り飯）もあるぞ」「来らっせ。来らっせ（来なさい　来なさい）」と賑やかな声が近づいて来ます。

楽しいことに飢えていた人々は、酒も入り踊り出します。

子どもたちも嬉しそうに歓声を上げ集まって来ます。

何が何だか分からないまま花馬の行列は長く伸び踊り狂います。

特に驚いたのは八十吉や村役達です。

「まさか」と思い「大変なことが出来《しゅったい》した」と慌てました。

今は「隠便之時《おんびんのとき》」であることを知らされていたからです。

「隠便之時」とは喪に服す期間を云います。祭や新築など、目出度い行事は差し控えなければならなりません。

本来、天皇や将軍など身分の高い人物が逝去した時など、「喪に服す」と云う意味から命じられましたが、
この時は苗木藩の江戸屋敷が火災に遭ったと云う理由からでした。

村人たちにも、江戸屋敷の火災については知らされていました。

修復費用の負担が命じられるだろうと心配はしていましたが、喪に服さねばならないとまで認識していませんでした。

花馬行列が目的地である白髭神社へ近づくと、待ち構えていたかのように、すぐに侍や取り方に、囲まれてしまいました。

罠にはめられてしまったのです。

苗木藩の一部役人たちによって、八十吉の正体を暴くことが目的でした。

関ケ原での敗戦の将、豊臣祐寿の嫡男・伊東祐利を、苗木領に匿うと約束したのは遠山友貞公でした。

隠れ伊東家では、それから四代目を目前にしたのが八十吉です。この時は未だ宇兵衛が当主の座にありました。

苗木藩でも九代目・遠山友清《トモキヨ》の治世です。

伊東家を匿った遠山藩三代目当主・遠山友貞《トモサダ》はこの秘密を守り通さねばなりません。この事実が徳川幕府に知られれば「お家断絶」も覚悟せねばなりません。

この秘密を近親重役のみが知る「遠山家の秘密」として、奉行も含め一般家臣には知らされていませんでした。

代々の遠山家当主はこの秘密を守り続けていました。

この秘密が少々綻び始めたのが、この花馬騒動でした。

飯地村、百姓五郎右衛門家が少々特別扱いされているのではないかと・・・。


ドンドンカンカンチンチンと太鼓鉦をうちならし「雨を降らしてくれらっせ（ください）」「雨をお願い申します」との本来の願いと共に、酒も入り「わっしょいわっしょい」と乱暴にも花馬を引きまわし、神輿に見立てた酒樽を担ぎ、にぎやかに練り歩きます。

山の麓が踏み固められ、地形に合わせ曲がりくねった一本道です。獣道ではなく人間道とでも言ったらよいのでしょうか。

道の山側には農家が点在し、下側には水不足で枯れかけた生気のない稲田が見かけられます。

そんな家々から人々が飛び出し行列は長くなり、騒ぎも大きくなります。

初夏の早朝です。そんな騒ぎに対抗するかのように「テッペンハゲタカ」「テッペンハゲタカ」とホトトギスも大声で鳴き叫びながら、行列の上空を右から左へ、左から右へと飛び回ります。

カラスも負けじと大声で鳴き叫びます。いつもとの違いに警戒してのことでしょうか。

そんな時でした。「静まれ！」「御用だ！」と捕り棒を持った侍や、十手をかざした御用聞きの集団が飛び出してきました。

木陰に身を潜め行列の接近を待っていたのでしょうか。

行列の先頭付近で、自らも踊り、騒ぎを鼓舞していた老婆が山の中へ姿を消すのを、八十吉の家臣は見逃しませんでした。

行列が目指していた白髭神社境内へは、後一歩の場所でした。

穏便時とは云え、神域の境内では取り方の侍も御用聞きも手が出せません。

彼らはこの場所で、姿を潜め行列の到着を待ち受けていたのでした。

「静まれっ。この騒ぎは何事か。ただ今穏便時《おんびんじ》と云うことをわきまえぬかっ」

「オンビンジとは何でごぜぇますか」

「馬鹿者。庄屋であるその方が穏便之時《おんびんのとき》をわきまえぬと申すか」

そんな騒ぎの最中《さなか》、河方隊長以下鉄砲隊の面々が駆け付けてきました。その中に百姓姿の八十吉も紛れていました。勿論、八十吉は穏便之時であることは知っていました。穏便之時であることより遠山江戸屋敷修復費用分担が重く心に圧し掛かっていたのでした。しかし後見を務める庄屋が無分別にもこのような騒動を起こそうとは全く念頭にはありませんでした。

捕り方の武士たちも、鉄砲隊の隊長には一目置かざるを得ませんでした。

捕らえられた庄屋は「行者様のお告げ」と繰り返すのみで、事の重大さには気づいていませんでした。

そんな時、八十吉ゆかりの百姓達によって行者様が引き出されました。

河方隊長が「お前様は今が穏便之時であることを知らなかったのか」と、かたくなに返事を渋る老婆に何度も聞き続け、結局「知ってましただ」の答えを引き出したのでした。

「何故このような事をしたのだ」との問いかけには「百姓衆がむごいで（可愛そうだから）」以外に答えようとしません。

「穏便時に村人をたぶらかし、不届きなり、この場で死罪に致す」と銃口を突きつけると態度を一変させ「お奉行様の命令ですだ」「ちゃんとやったら（しっかりやりとげたら）褒美をがまなこと（沢山）やるといわしただ（仰いました）」と白状せざるを得ませんでした。

驚いたのは取り方の武士や御用聞きたちでした。いや一部の武士は知っており老婆の白状に戸惑い、今後の成り行きに恐れさえ感じていたのでした。

奉行から「絶対失敗は許されぬ」と厳命され、庄屋後見・八十吉の捕縛と、五郎右衛門家の秘密暴露が目的だったからです。

老婆の自供により、結局この時は参加者に解散が命じられ、庄屋と村役の計九名が捕縛され連行されることになったのでした。

皮肉にも捕縛目的であった八十吉は影の後見であったため、何の証拠も見つからず、参加者一同と共に解散を命じられ、事なきを得ました。

しかし九名を釈放させるための罰金は八十吉が工面し支払い、老婆は領外追放で一件落着をみました。

寛大な処置の裏には、苗木藩上層部より奉行に対し「穏便にとりはかれ」との命令があったからでした。

事件の張本人・おさへ奉行に対しては、何のお咎めも無く結末を迎えました。

この件を境に、五郎右衛門家に対する監視の目も和らぎ始めました。

徳川幕府成立より百五十余年、反豊臣の機運も薄らいでいたこともその背景にありました。

繰り返しになりますがこの時、八十吉は五代目五郎右衛門を未だ襲名せず、宇兵衛が健在で四代目五郎右衛門を名乗っていました。

お鍬様巡行

享和二（一八〇二）年春先のことでした。

山仕事に精を出していた為八と矢七が一休みしていました。

為八が言いました「おしゃ（お主はが訛って、お前は）まあすぐ（もうすぐ）お鍬様が、ござらっせる（いらっしゃる）げなが（そうだが）知っとるか」

矢七が聞きます「なんやお鍬さまって、おら聞いたことないわ」

「お鍬様を知らぬのか。米がよう採れる様、守っとくんさる（守ってくださる）神様やげな」

「どこからおいんさるや（おいでなさるのか）」

「お伊勢様やげな」

「何でおしゃ知っとるんや」

「お父《とう》に聞いたことあるわ」

「ほんで（それで）何時ござらっせるんや」

「まあ（もう）すぐやと」


お鍬様の来訪が近隣庄屋からこの村の庄屋に伝えられたのでした。勿論庄屋を通じて村役、全村民に伝えられたのでしたが、口から口への時代です。それには時間がかかりました。

伊勢神宮・外宮（豊受大神宮）に植えられた、御神木である榊の枝が鍬に似た形に変わる不思議な現象が、六十年に一度生じるとの言い伝えがありました。

豊受大神宮は、米をはじめ衣食住の恵みを与えて下さる守護神として崇められていました。

お鍬様は、豊年満作のお告げだと言います。

この喜びを津々浦々の農民に伝えるため、御師《おんし》達が豊受大明神のお札を持ち、日本全国の村々を巡行したと云います。


北海道から九州まで、日本全土の村々を練り歩いたのか定かではありません。

日本全国を六十等分し、一年にその一区画ずつ巡行したのでしょうか・・。


村人たちはこぞって、お札を受け取り、神様へのお礼として金銭の奉納が慣例でした。

奉納金の行く先は、伊勢神宮だったのか、御師の懐だったのでしょうか。

為八が「お父が言わっせるには、そん時どこやかの（何処かの）庄屋様で大暴《おおあらび》されらした（された）げな」

矢七が聞きます「大暴って何や」

「神様が「やれっ」て、言わっせる（言いなさる）で、皆で家へ石をこい（投げ）たり屋根を壊《こわ》い（壊し）たりしたげな」

「何でそんなこと神様が言わっせるんや」

「庄屋様が欲こいて、みんながマンマ食えんで腹減らいとる時も、蔵中《くらんなか》にコメがたぁんとあったんやと」

村人の大勢が、神のお告げを口実に、腹立ちまぎれに石を投げ込み、流れ石に当り怪我人も出たと為八は言いました。

神罰の名のもと地元民が日ごろの鬱憤を晴らしたのです。

「神罰」との名目に、役人もこの暴挙に手出しができなかったのです。

御師《おし》というのは寺社への参詣者を案内し宿泊の世話をする現在の旅行業者的存在《ツーリスト》でしたが、自らも宿泊施設を持つ者もありました。

旅行業だけではなく、祈祷も行う下級神主で、江戸時代には農民と神職の中間的身分でした。

一般には御師《おし》と呼びましたが、伊勢神宮では御師《おんし》と呼びました。

御師《おんし》は街道沿いに御師町《おんしまち》を形成し伊勢講を世話しました。伊勢神宮では宇治（内宮）、山田（外宮）合わせて百軒余の御師町があったと云われています。

御師町はただの宿泊施設だけではなく、酒場、果ては色町等、およそ信仰の町とは程遠い一大観光地の体をなしていました。

地方各地に、御師それぞれの営業拠点・〝旦那〟を設け連絡を取り合い、全国の家々へ〝お札〟や〝伊勢歴〟を配り、参宮への勧誘を行いました。集金や観光誘致に精を出していたのです。

苗木藩の蛭川村には旦那が二軒あり、それぞれがお鍬様を招聘し混乱が生じた記録があります。（六十年に二度お鍬様の巡行があり混乱を招きました）

その夜、矢七は布団に横たわってから、なかなか眠りにつくことが出来ませんでした。

昼間為八との会話が頭に浮かんだからです。

御鍬様の大暴です。神罰です。

子どもの頃祖母から聞かされた話が次々と脳裏に浮かびます。

「他人《ひと》をだまくらかいたら（だましたら）あかんぞ」「他人のものを盗ったり、うそこいたら（嘘をついたりしたら）神様は何でも見てござらっせるでな」

「神様はどこで見てござるんや」

「神様は八百万《やおよろず》と云って、空にも山にも火の中でも、何処にでもござらっせるんや」「罰が当たるぞ」

「ほんね（そんなに）がまなこと（大勢）ござらっせるのか」

「ほんで一番えれえ（偉い）神様は誰や」

「天照大御神様や」「女の神様やぞ」「女をたわけ（馬鹿）にすると罰が当たるぞ」

祖母とのこんな会話だったと思います。

自分には神罰が当たる行為は無かっただろうか。

盗みは、いやこの日、為八と二人庄屋様に頼まれ一日の山仕事が終わり、背負える限りの薪を持ち帰ったばかりです。

この行為はこの地方では〝勝荷《かちに》〟と云って、半ば公然化してはいましたが泥棒には違いないと矢七は思い悩んでいました。

姉や妹を馬鹿にしたことも度々です。

本当に女が一番偉いのか。庄屋さまも名主さまも男やないか。刀を差して威張り歩く侍も男やないか。

そう言うおばぁも、おじぃの言うことに「へいこらこいとった（従っていた）やないか」眠れぬ時が過ぎました。


この時、毛呂窪《けろくぼ》村の才助《サイスケ》は、矢七と同様、大暴が心配で夜も眠れませんでした。

近くの村で大暴の模様が風の便りに耳に入り、自分が標的になると確信していました。

毛呂窪は木曽川沿いの村で、川狩り人足の宿泊地として旅籠が点在していました。

崖から木曽川へ注ぎ込む水が白く濁った場所があり、その昔「鹿が脚の傷を癒していた」との言い伝えがありました。

才助はその濁った水を、引き込み旅籠に湯屋を併設したのでした。

「腰痛に効く」「肩こりが治った」等々、評判が評判を呼び、大繁盛しました。

人間の欲望には際限《きり》がありません。儲かれば儲かるほど、もっと儲けたくなります。（勿論全ての人を指しているわけではありません）

小さな旅籠から温泉宿へ、さらに湯女まで置くようになり、歓楽宿へと規模も拡大し、金儲けの鬼へと人格まで変わってしまいました。

不作が続き生活に困窮する人々に高利で貸しつけ、利息の取り立てに夜逃げする人まで出る始末です。

利息が払えない家からは年頃の娘を強引に連れ帰り、無理やりに湯女から遊女へと、人権（そのような感覚はありませんでしたが）をも踏みにじる行為が続きました。

多額な利息を搾り取られ、娘まで苦界に身を沈めさせられた近隣の住民からは、奉行所へ訴えられることも多々ありましたが、袖の下で大目に見られていました。

一方、川狩り人足たちからは、酒の飲める宿、湯女のいる温泉宿、遊べる宿と評判が評判を呼び大繁盛です。

多額の宿泊代を支払わせられた人足たちも、一晩の歓楽に満足し、次の機会を楽しみに厳しい作業へと戻って行くのでした。

三味線の音色に合わせ、芸者の歌声が聞こえます。それにかぶせる様に酔客の濁声、そして若い女性の「止めてくりょ」と助けを求めるかのような声が入り交ざります。

毎晩のことです。この騒ぎと共に才助の懐は太ります。

高額な利息での貸金で、近隣住民の多くから恨みも買っていましたが、才助は毎晩の銭勘定でにんまりしていました。

しかし今は違います。お鍬様の〝大暴〟から逃れる術を考えあぐねていました。

借金のかたに取った女性や従業員たちには、賃金もほとんど支払わず、残り物を食わすのみの劣悪な人使いでしたが、味方も必要です。

番頭の良蔵にのみは充分すぎる賃金を与え、歓心を得、味方につけていました。

お鍬様巡行が明後日に迫ったであろう日の晩、才助夫妻と良蔵が難を逃れるべく額を寄せ集めていました。

翌日、お鍬様巡行が隣村まで来ました。明日は毛呂窪です。

この日、時間をかけて、お鍬様がお立ち寄りになられた時の接待にと、豆の粉（きな粉）を付けたまんま（握り飯）と酒の準備は怠りませんでした。

勿論自分は指示するのみで、実際に作業するのは男衆《おとこし》や女たちです。

「お鍬様がござらっせたら（いらっしゃたら）神様が助けてくれらっする（くださる）やろか（だろうか）」と淡い期待を語り合う遊女たちでした。勿論主人には聞こえないように。

飯地村にもいよいよその日が来ました。

享和二（一八〇二）年春先のことでした。

二月二八日の夕方、隣村・中之方村（現・恵那市中野方町）から、前触れとして「お鍬様御入り、大豊作」との連絡が、おびただしい幟旗やお供え物と共に届けられたのです。

明日には、お鍬様一行が飯地村にお着きになると云うのです。

庄屋屋敷や村役の家では、近くの者たちが集められ、届けられた幟旗に竹竿を取り付けたり、昔から伝えられた神輿を宮から持ち出したり、酒樽で臨時の神輿を作ったりと忙しい一晩を過ごしました。

矢七が為八に小声で話し掛けました。

「本当に大暴やらっせるやろか」

「何でほんな（そんな）こと聞くんや」

「おら、他人《ひと》をだまくらかいたことあるんや」「うそこいたら神様が罰を当てんさると、おばぁが言っとらせたで」

「おしなんか相手にせらっせるか」「お大尽ばっかや」

「ほんなら市政（隠れ伊東家）か」

「なにこいとる（何言っている）。米が取れんかった時、だいて（出して）くれさっせた（くれた・半敬語）やないか」

「ほや。てんでらも（自分たちも）稗や粟食ってござらっせたげな」

二人がこんな会話で、幟旗などの準備をしているとき、話題の市政（隠れ伊東家）でも大きな釜で米を焚き、きな粉を付けた握り飯の準備に追われました。

さらに、中之方村との村境付近に大きな釜を三つ準備し、送り迎えの人々を接待するお茶と酒の準備をして待ったのでした。

次の日夕方河合村経由で中之方村から、御師一行の来村があり、村境まで庄屋、村役達が裃姿で出迎え、人足、見物者が千人を超えました。（との、当時の記録ですが、村民千人はとても信用できません。大げさでなければ、隣村からも人が集まったのかも知れません）

その晩御師一行は白髭神社に泊まり、翌日「奉献・大神宮　家内安全」「奉献・御鍬宮　五穀豊穣」等書かれた多くの幟旗、三十貫（二六八キログラム）の神輿、その他手作りの神輿等が村中を練り歩きました。子どもたちも嬉しそうに従います。中には紐につないだ犬を連れている子どももいます。途中で立ち寄った家々ではお菓子を貰い、楽しい、嬉しい一日でした。

一行は、酒も入り「五穀豊穣」「目出度い　目出度い」「豊年だ満作だ」と叫びながら村境へ向かいました。来村時と同様、裃姿の庄屋、村役達も見送り、準備された酒や握り飯などで大盛り上がりを見せました。

村人たちにとって、豊年・満作が保証された巡行です。

幸せな気分は当然でした。

この喜びを短冊に書き、竹の枝に括り付け、子どもに担がせました。

そんな短冊の中に

「珍しや　六十一年に　一度ある　お鍬の春に　あうぞうれしき」

との一首がありました。

六十一年とは六十年間隔と云う意味でしょう。当時の寿命から、生涯に一度も経験しなかった人もあったことでしょう。幸せな気持ちが凝縮されています。

この巡行中、御師たちは、お札や榊の枝を配り、特に村役や庄屋等、裕福そうに見える家々では、お払いや短い祝詞《のりと》をあげ、見返りにお供え物や金銭を受け取ったことは当然でした。

繰り返しますが、これが御師の目的でした。

こんなことを書けば、筆者に罰が当たるかも知れませんが・・。

神罰・大暴《おおあらび》

一方、毛呂窪村の才助は女房と良蔵の三人、銭函から八百両もの小判を風呂敷に包み、こっそりと宿を抜け出したのでした。

従業員たちは、客を送り出し、後片付けや掃除が終わり、遅い朝食（昼食兼）を摂り、つかの間の眠りにつく時刻でした。誰も気づきませんでした。

浅い眠りの中、両親や兄弟姉妹たちと過ごした日々が脳裏に浮かんでは消えます。

ついにその時が来ました。「豊年だ満作だ」「悪い奴には神罰だ」の声が近づいてきます。

多くの怒声、怒号と共に、投げられた石が飛び込んできました。男衆たちは右往左往しています。女たちは布団部屋で小さくなっています。

次から次へと石が投げられ、障子は穴だらけ、その障子すら蹴り倒され、踏みつぶされ、壁は鎚や鍬などで滅多打ちです。

村民の一部は計画的に、破壊道具を持ち込んだのでした。

乱暴狼藉を止めるべく村役にも、どうしようもありません。

「神罰」の名での狼藉です。警護の武士にも手が付けられません。

結局、湯宿は再開不可能にまで破壊されつくしたのでした。

女たちには、銭函に残された金が分け与えられ、親もとへ返されたのでした。

年貢の対象　藩より奨励　カスミ網猟

カスミ網猟は、法律で禁じられています。違法行為です。

筆者も、この法律、そして自然環境保全思想に反対するものではありません。この際はっきりさせておきます。

しかし、カスミ網猟は山中にカスミ網を張っておけば獲物が掛かると云った簡単なものではありません。そこに生息する小鳥の一羽、二羽が網にかかることも否定はできません。しかしそれがカスミ網猟の本質ではありません。

シベリア（北の国）から越冬のため渡ってくる冬鳥の群れを一網打尽にするのが日本古来のカスミ網猟でした。

特に岐阜県の東濃地方では盛んでした。渡り鳥の通路になっていましたから。

筆者は日本古来の「文化」を書き残しておこうと思いますが、カスミ網猟の復活を意図したものでないことを断言しておきます。

カスミ網猟は過去の遺物です。しかしこの地方の文化でした。

苗木藩ではカスミ網の猟場（鳥屋場《とや》）が年貢の対象で奨励されていました。

八十吉も年を取りました。家督を六代目に譲り、隠居の身分になりました。土地の古老から勧められてツグミ等の囮《おとり》を飼い始めました。カスミ網猟では囮の良し悪しが結果を左右します。

カスミ網猟では、関係する小鳥（ツグミ、シナイ、アトリ、マヒワ）等の生理を利用し、囮の生理を改変させる反自然的行為から始まります。

冬鳥たちは越冬のため、日本へ飛来するのであって決して繁殖はしません。その飛来した冬鳥たちに繁殖の時期だと騙し、誤解させるのがカスミ網猟です。

若い雄鳥を捕獲し、夏冬（春秋）を飼育法で錯覚させ、冬鳥の群れが飛来する繁殖期でもない秋に、囀《さえず》らせ（ラブソングを歌わせ）雌を呼び寄せ、群れごと一網打尽に捕獲するのです。

一羽、二羽ではありません。数十羽、数百羽です。千羽を超えることもありました。

祐利が、この飯地村に住み着いてから、隠れ伊東家一軒だけではなく、初代、二代・・と代を重ねるごとに、子どもたちも分家に分家を重ね、また祐利に従った家臣一統も同様、人の住まなかったこの地に、住居も増えました。

更に田圃の開墾が進めば働き手が必要です。逆に働き場・食糧を求めて人も集まってくるようになりました。田圃が増えれば増えるだけ年貢米も増えます。

五郎右衛門家も苦労しましたが、それ以上に農民たちも苦労を重ねました。

村民の殆どは、祐利や彼に従った者たちの子孫でしたが、代を重ねるうちに家と家との関係も薄らいできました。血縁関係の意識も薄らいできたのでした。

筆者自身、父方従弟従妹《いとこ》の全ての名前、そしてその子供たちについてはほとんど知りません。そして母方についても同様です。いわんや三代前・祖父母の子孫となると、筆者と同世代に生きる方と直接顔を合わせても気づくことは無いと思います。

筆者がここで強調したかったことは、初代・祐利が飯地に隠棲してから、五代を経過していることです。その間、分家に分家を重ね人口と共に戸数も増加したであろうことです。祐利からＤＮＡを引き継いでいても、それと気づかぬ人も多々あったことと思います。

さらに祐利に従ってこの地に住み着いた人たちも子孫を増やしました。

勿論、祐利以前も人口が皆無ではあったわけではありません。

河方一統の小作として住み続けていた人達もいました。

ほんの少数ですが自作農の人も住んでいました。

この事実は、祐利がこの地を一両で買った時の「売渡状」でも明らかです。「年貢引き受け」の資格をも含まれているのですから。

殆ど人の住まなかったこの地も、祐利が隠棲してから、開墾に開墾を重ね、爆発的に人口が増えたであろうと考えます。

この時飯地村（現恵那市飯地町）の人口は千三百余名と記録されていますが正確に知ることは不可能です。苗木藩鉄砲隊・河方一統が生活していた飯地の中心地「塩見・篠原《すずわら》」が「塩」から「潮」へと文字を変え明治三（一八七〇）年「潮南村」として飯地村から離れ、独立したからです。独立した塩見の人口が分からないのです。


以前より田圃の面積は圧倒的に増えたものの、人口増が上回りました。食糧確保には苦労しました。

もともと飯地村は人も住まない（住めない）標高六百メートル以上の山間部で、水の不便な場所でした。

麦、稗、粟等も収量が少なく、空腹を満たすことは出来ません。

イノシシもカモシカも狩りました。

蛇、蛙、イナゴも蜂の子も手当たり次第口にする者もいました。

そんな時、空を黒雲のように無数が飛び去る、渡り鳥の群れを見逃すことは出来ません。

一羽、二羽の留鳥を捕獲するために、網を張るのではありません。

目標は何百羽、何千羽です。

苗木藩としても〝鳥屋年貢〟を徴収するため奨励していたのでした。


八十吉も五郎右衛門を六代目祐佳《スケヨシ》に譲り、隠居してから鳥屋師としてのめり込みました。

最初の仕事は猟師から譲り受けた若い小鳥の飼育です。

網に掛かったばかりの小鳥は、籠に移すと暴れるのみで、餌を食おうとはしません。餓死を止めねばなりません。

鳥かごに恐怖心を抑えるため布をかぶせ、餌を食わせなければなりません。〝餌付け〟と云います。

ムツゴ（カイコの繭から糸を取った後の蛹）を擂《す》り潰し小糠《こぬか》と水でよく練ります。

その練り餌の上に、好みそうな蜂の幼虫等を載せ、そっと置きます。

その幼虫を啄めばほぼ成功です。幼虫と共に練り餌も食うようになります。

餌を食うようになっても、それで終わりではありません。

囮の生理を、春と秋とを、逆転させねばならないのです。

冬は火鉢で部屋を暖め、ランプやろうそくで照らし、日が長い季節だと錯覚させ、逆に春から夏にかけては布で鳥かごを覆い、日の短い冬だと思わせねばなりません。

そして夏から秋にかけては、徐々に日が長くなったと錯覚させると同時に、蜂の幼虫など栄養価の高い餌で体力をつけさせ生理的に繁殖期を迎えさせます。

体力が充実してくると、生理的に水浴びを要求します。見逃してはいけません。

鳥籠ごと、適当な深さの水に入れなければなりません。鳥が喜んで水浴びすればほぼ囮の完成です。

群れの大軍が飛来する、時でも無い繁殖期を迎えたオスは、大声でラブソングを歌うようになります。

この作業は、食虫性のツグミ、シナイ等とアトリ、マヒワなど種子食性の鳥では餌は違いますが原理は同じです。

アトリ、マヒワ等種子食性小鳥では、カロリーの少ない餌は稗の種子、中間は粟の実、そして繁殖期は荏《え》胡麻《ごま》これらの種子を適当に混ぜ合わせ与えねばなりません。

これら餌の栽培も鳥屋師の大切な仕事です。

夏が過ぎる頃から網を張る準備です。網を張る「網道」を作らねばなりません。

邪魔な木や枝は伐採します。網道脇の樹種も問題です。

猟具は〝カスミ網〟です。落ち葉が掛かっておれば〝カスミ〟にはなりません。

網になるべく落ち葉が掛からない様注意しなければなりません。

常緑樹でも松は問題です。二本が対になった葉が網にかかると、外すのに厄介です。

斜面を整備した後、外側には、群れを一網打尽にするため大きな網を張り巡らし、内部には、上空から大網を逃れて囮に近づき、枝から枝へ飛び廻る、獲物を捕獲する小さめの網を幾重にも張り巡らします。

これだけではありません。猟場の周りの背の高い木と離れた木の間に縄を張り、樹木に隠れるよう、縄に黒い布を仕掛けます。

鳥の大群が囮の鳴き声に誘われて山の上を旋回し始めたら、頃合いを見計らって、この縄を引き、ワシやタカが群れを襲ったかのように見せかけ、群れを網に飛び込むよう誘導するのです。

いよいよ渡り鳥が飛来する季節になりました。張り巡らされた網と網の適当な場所に囮籠を置きます。この作業も大変です。籠の中の鳥を狙うキツネやネコから守らねばなりません。夜明け前の作業です。囮の籠を毎朝、家から鳥屋場まで背負い運ぶのです。

囮の籠を適当な場所に設置したら、黒い布を隠すように付けた縄を引っぱれるよう準備した小屋に身を隠し、群れの飛来を待ちます。

網を張り巡らした鳥屋場の上で、北の国から飛来した無数のツグミの群れが、囮の囀りに引き寄せられ、高度を下げます。

八十吉は夢中で縄を引きます。縄に付けられた黒い布がバタバタとはためきます。まるでワシ、タカがツグミの群れに襲い掛かるように。

ツグミの群れを一網打尽です。

八十吉は思わず胸の前で「十字」を切りました。

八十吉は隠れキリシタンだったのです。いや宗教的にキリスト教に心酔していたわけではありません。全くと言っていいほど宗教には詳しくありませんでした。

しかし、かつて一族の者（伊東マンショ）が南蛮へ渡り、この国では知られていなかった学問や技術を持ち帰り、飯地を人が住めるような農地に変えたのが、「耶蘇《やそ》（キリシタン）の文化だ」と聞かされ、誇りに思っていました。

八十吉《やそきち》の名は〝耶蘇《やそ》〟に因んで名付けられていました。

天に自分たちを守るゼウスの神が居られることは信じて疑いませんでした。

従ってその誇りから、生涯五郎右衛門・祐周ではなく「八十吉」を名乗り続けたのでした。

しかし、日本の〝八百万《やおよろず》の神〟〝仏様〟への信仰も忘れませんでした。

捕れたツグミは栄養源であり、秋の味覚としてこの地で知らぬ者はありませんでした。

そして秋だけではなく、年間の栄養源、御馳走として、塩漬け、麹漬けにされ保存食として愛用されました。特に麹漬けは、苗木城のお殿様にも好評で、年貢以外としても献上されたのでした。

さらに、生活に余裕のある人達によって、正月元旦にウグイスの初鳴きを競う催し等、囮ではありませんが、囀り（ラブソング）の良し悪しを楽しむため、正月を春だと生理的錯覚を起こさせることに興味を持つ者も現われました。

ウグイスの他、メジロ、ウソ、マヒワなど愛玩用としての飼育も一般化していました。

い《イ》そ《ソ》の青春

咲き誇る桜の満開は過ぎたのでしょうか。花びらが一枚、また一枚と微風に乗ります。まだまだ葉桜には間のある、大きな木に数羽のメジロが花から花へと蜜を求めて飛び回っていました。

メジロの群れが飛び去ると、花に群がる小虫を求めてシジュウカラ、エナガ等の集団が「チンチン」とか「ジージー」「カラカラカラ」と様々な鳴き声が混ざり賑やかです。

シジュウカラ、ヤマガラ、ヒガラ、コガラ、エナガは同属（スズメ目、シジュウカラ科、シジュウカラ属）、それぞれの種がそれぞれ固有の鳴き声を持ち、それらが入れ混じり、一つの群としてまとまった行動をとる珍しい鳥たちです。

満開が過ぎたとは云え、花吹雪にはまだ間がある時季でした。

メジロの群れが蜜を吸い、様々な鳴き声のシジュウカラたちの大群が訪れ、咲き誇っていた花が枝から離れ風に舞います。

そんな、せわし気な光景の外にあったのがいその《イソ》心でした。

いそにとっては、うららかな日の光を浴び、春の静かな静かな一時でした。

苗木城近くに植えられた桜の名所です。花見客用に造られた茶店に座り、出された茶を一口飲んだのか飲まなかったのか・・。桜を見るでもなく見続けるいそでした。


いそは八十吉の一女（長女）です。

時の経過と共に、隠れ伊東家として徳川の目を逃れた窮屈な生活から、徐々に開放されかけた時代です。

いそは元大名家の一女です。それなりの教養を身に付けさせなければなりません。

行儀見習いと共に書や琴の勉強にと苗木藩々医・桃井養運にあずけられ、養運宅から琴の師匠の元へ通う日々が続いていたのでした。

「お嬢様。そろそろ戻りませんか」付き添いの女性から声をかけられました。

そうです。一人での外出はほとんど許されませんでした。飯地の自宅では勝手気ままに振る舞っていたのに・・。

骨折治療の達人　元良《ゲンリョウ》医師

自分一人の世界に閉じこもっていたいそは、隣に自分を知る女性が座っていることに気づき「ポット」頬を赤らめたのでした。

桜を見ていたとき頭の中が空であったわけではありません。

頭の片隅に見習い医師・元良《ゲンリョウ》の姿が現れては消えることに、密かに胸をときめかせていたのでした。

この日も養運医師宅へ戻ると「いそ殿お帰り」と元良が声をかけてくれました。

元良は薬草の知識もあり（豊富ではありませんでしたが）、養運の指導のもと腹痛や風邪の治療で近隣の評判も悪くはなく、特に骨折の治療には定評がありました。

元良に迎えられ、草履を脱ぎ、砂に汚れた足袋を払っているところへ近所の良三が飛び込んできました。

「先生。おらっせるか（おられますか）川狩りが脚を折った」

「元良　行ってやれ」と養運先生が命じます。「弟子に任せてみよう」いや、お手並み拝見と思ったのでした。

必要器具を下働きの爺やに持たせ、良三を先頭に走り出かけて行きます。

「いそ殿。一緒に行こうか」と馬の準備をし、いそを横座りに乗せ、養運医師が手綱を取り元良の跡を追いました。

元良は手際よく患者の処置を行っていました。

岸に引き上げられた河狩り人足の股引を剥ぎ取り、血まみれの傷口を洗い焼酎で消毒し、脚の骨折部分を触診で折れ口の形状を確認します。

確かめた折れ口の形状から復元の方法をイメージします。

怪我人を取り巻いていた川狩り仲間の人たちに、身体を押さえつけさせ、元良は怪我人の足首を引っ張ります。痛みに耐えかね怪我人は抑えている仲間たちを跳ね除けようとしますが、仲間たちはそれを許しません。

元良はイメージ通りに傷口と傷口とが合わさるよう引っ張った脚をゆっくりと元に戻します。再び患部に手を当て、触診で元に戻っていることを確認し、焼酎布で湿布し、添え木で固定し、その上から動かないようにと、布で硬く縛り付け終了です。

手早い作業に養運医師も満足げに頷き、いそに微笑みかけました。

人足仲間たちに、戸板に乗せ宿まで運び「熱が出たら煎じて飲ませよ」と薬草を渡しました。

「もし容体が変わったら知らせよ」と言い残し、養運に一礼し、いそに微笑みかけ、自信に満ちた足取りで戻って行きました。

この時養運は二人が憎からず思っている。好意を抱いていると確信したのでした。

そして、元良の医師としての腕も上がり、そろそろ独立の時が来たかと、思ったのでした。

そんな時でした。八十吉が愛娘の様子を見にひょっこりと現れたのは。

その晩、養運医師と八十吉は遅くまで話し込んだのでした。

豊臣方の隠れ里・飯地村も六代目を迎え人口も増え、塩見の河方領も含め医師不足に悩み始めていました。

特に多かったのは山仕事や野良仕事での怪我人でした。冬場には風邪が流行り一家壊滅の悲劇もありました。

医者の家（医院）を建て、周りに田畑の準備くらいできること等々、元良をいその婿にと説得したのでした。

八十吉には嫡男・祐佳《すけよし》があり、婿と云っても五郎右衛門家に迎え入れるのではなく別家させようと考えました。

本家ではなく別家であるため、苗字を隠さず名乗っても差し支えないと思いました。伊東元良です。

当時医師は侍ではなくても苗字は当たり前だったのです。桃井良運然りです。

翌朝、元良医師とも話し合い快諾を得ました。

元良も山奥の田舎暮らしである不満より、愛しいいそとの生活を喜んだのでした。

とりあえず式を挙げるまでは、いそと元良を別々に暮らさせることに話がまとまり、養運医師と懇意な苗木藩国家老宅に、行儀見習いとの名目で、いそを住み込ませることが決まったのでした。


早速飯地へ戻った八十吉は、新婚夫婦用の診療所を兼ねた家と医師宅に相応しい前庭の建設を始めました。山奥の寒村です。患者から治療費が入る保証もありません。高額の医療費を取ることも八十吉の意に反します。八十吉は隠れキリシタンなのですから。

いそと婿が生活出来る様に、田圃と畑の準備もしました。


一方桃井良運医師は愛弟子の独立開業がほぼ決まり、もう一度医学の基礎から学び直させようと、医学と薬草学の書物の書写を命じたのでした。

元良も懸命に学びました。朝から晩まで、晩から朝まで。

と言っても、それは書物の書き写しです。意味が解っても理解できなくても、ただただ黙々と。

特に、薬草に関しては、現物はもとより標本も、目にしたことのない植物が多々ありましたが気にすることなく書き写したのでした。

これまで野外での薬草観察には経験が乏しかったことが弱点の一つでした。

元良としては医学書を読み、書き写すことが医学の学習だったのです。

しかし骨折の治療など外科の腕だけは養運医師をうならせるほどでした。

無医村の解消
飯地村・入《いり》　元良医院開設

伊東元良医師は八十吉の娘婿ではありますが、隠れ伊東家の跡継ぎではありません。

一般的な婿養子ではありません。分家させたのです。

伊東元良家の初代です。飯地村沢尻《さわじり》・入《いり》（現・恵那市飯地町沢尻　〝入〟は地名から屋号へと変わったものだと考えられます）がその初代の地でした。

尚、二代目は伊東利平次《リヘイジ》と云います。


明和六（一七六七）年二月、元良医師といその結婚式は、庄屋・伊平治《イヘイジ》の仲人で桃井養運医師等多くの客を迎え、飯地・市政（八十吉邸）で盛大に行われました。

迎えの伊平治を先頭に八十吉が先導、花婿をはさんで桃井養運医師が馬で続き、婿入り道具を担いだ人足、そして徒歩での人々が続き、苗木の桃井亭から、飯地市政（八十吉宅）まで、花嫁ならぬ花婿道中の列が盛大に続きました。

何しろ、無医村へ医師が婿入りしたのです。

喜びに溢れた村人たちが、開け放たれた家の外から厳かな挙式の模様を見守ります。

そんな屋外の人々にも祝い酒が振舞われ、屋内では厳粛に、屋外は喜びに満ち溢れた結婚式でした。

尚、元良は結婚祝いとして、苗木藩主・遠山友史《トモナカ》より、前藩主・遠山友将《トモマサ》の〝書〟を与えられたのでした。何故前藩主の書であったのか理由は分かりません。

この書は、祐貞（医師・遊亀）が七代目を継いだ際「宝物にせよ」と伊東本家に託されております。

結婚式に続き挨拶回り等あわただしかった日々も過ぎ去り、元良といその二人だけの新居・入《いり》での、新婚生活が始まりました。

二人だけと云っても八十吉がつけてくれた、いその身の回りの世話をする女中と下働き・特に田畑の仕事をする爺やも、陰から二人の生活を支えていました。

昼間は、元良は訪ねてくる病人の診察・治療にあたり、時には往診にも出かけました。

いそは爺やや女中に手伝わせ、八十吉が準備してくれた畑の一角に、センブリ、オオバコ、ドクダミ、カラスウリ等、薬草の栽培を楽しみました。

一日の仕事が終わり、夕食も終わった夏の日の夕暮れ、二人は寄り添い障子を開け放ち、暮れなずむ景色を眺めていました。

庭には、いそが女中に手伝わせ、挿し木をしたアジサイが、青、紫、赤、白の花（厳密に云えば花弁ではなく萼片です。花はほとんど気づかないくらい小さく、萼片の中心部にあります。虫眼鏡が必要なくらいです）をつけるまでになっていました。

目を遠くへ向けると数十四の蛍が乱舞しています。いそは暗闇に光る蛍が好きで、苗木時代から好んで蛍の光を見続けました。毎年、夏の初めから日が経つにつれ、小さくなるような気がします。成長して大きくなるのが普通だと思うのですが、初めは大きく次第に小さくなるのです。気になりましたが、この疑問を口に出すことはありませんでした。一匹の蛍が部屋へ飛び込んできました。子どものように、たわいなく二人は追いかけ、そっと捕まえ、障子に止まらせ喜び合いました。

このいその疑問は的を射ていました。

蛍の種類が違うのです。夏の初めに出る大きい蛍（体長約一五ミリ）はゲンジボタルです。その後乱舞する小さい（体調約十ミリ）のはヘイケボタルです。

ゲンジボタルは流水性で綺麗な川水に住むカワニナを食って成長します。

ヘイケボタルは田圃や沼の泥の中に棲むタニシなどを食います。止水性と云います。

「ホーホー蛍来い、あっちのみーず（水）はにーがい（苦い）ぞ、こっちのみーずはあーまい（甘い）ぞ。ホーホー蛍来い」と、子どもの頃歌ったことがあります。

この童謡は世界に通用しない日本だけの特異な歌です。

世界に二千種以上の蛍が知られていますが、ほとんどすべてが陸生の生き物で、幼生時、陸上のカタツムリ等の軟体動物を餌にします。

ゲンジボタルやヘイケボタルなど水辺の蛍は日本固有と云っても大げさではありません。世界的に珍しい蛍です。

日本には、他にヒメボタルと云う陸生の蛍も生息しています。光はやや黄味を帯び、雌の羽は退化し、飛ぶことが出来ないため、生息場所はほとんど限定されています。

そんな時、急にいそが話題を変え、「玄関脇の軒下に赤蜂《あかばち》（キイロスズメバチ）が、巣《すう》くっとる（巣を作っている）けど、あんじゃないやろか（案じることは無いだろうか・大丈夫だろうか）」と心配します。

「あんじゃない。あかばちゃ（赤蜂は）ぼわな（追わなければ）刺さへん。来ても知らん顔しとりゃいいんや」と元良は涼しい顔で答えました。

当時、軒下に赤蜂の巣がぶら下がることは普遍的に見られ、ほとんど刺されることも無く、気にする人もありませんでした。

むしろ、ヘボ同様秋の味覚として親しまれ、ヘボのように巣を探すのに苦労することも無く、「おらんとこ（俺の家）には二つ、くっとる（作っている）」「おらんとこは三つや」と自慢までしたものでした。

軒下に赤蜂の巣がぶら下がることは、吉兆の証であり、縁起が良いとも言われました。

ぶら下がる巣の位置で台風の来襲を予測することもありました。

でも刺されれば痛いことは充分わきまえていました。

元良の診療所入口の軒先の他、西側の軒にも大きな巣がぶら下がっておりました。いそは、患者が刺された場合を心配していたのです。


赤蜂（キイロスズメバチ）はへぼ（クロスズメバチ）と同様、スズメバチ科の仲間です。クロスズメバチが地中に巣を作るのと異なり、春から夏の初めまでは地中に巣を作りますが、夏になると樹木の枝にフットボール状の巣をぶら下げます。時として民家の屋根の軒下に。

地中から空中へと引っ越しをします。

それ以外の生態は、前述クロスズメバチとほとんど変わりませんが、体長は約二センチとクロスズメバチより大きく、刺されると、クロスズメバチの比ではありません。しかし死に至ることはほとんどありません。

但し、人に近づいて来た時、追い払うと攻撃して来ます。

しばらく知らぬ顔していると去って行きます。

決して危険生物ではありません。恐ろしい害虫でもありません。

但し自然界では、ワシやタカに幼虫が狙われるため、黒い色には反応し攻撃的になります。

黒い服装や帽子で近寄ることは危険です。

最近、〝蜂ハンター〟と云う職業まで現れ、蜂の巣を見つけると彼ら〝専門家〟に通報し、駆除する光景を、テレビ画面で目にしたことがあります。

大反対です。殺虫剤で生態系が壊されています。

静かに見守ることが大切です。本当に危険な場合には駆除もやむを得ないでしょうが・・。

最近ミツバチが激減し、農作物にも異変が現れています。

筆者の幼少期、軒下にキイロスズメバチの巣がぶら下がっているのは普通の光景でした。

学校でも、この蜂の習性を教育すべきです。


腹具合を悪くした子どもが母親に連れられ来院した時、軒先のスズメバチが一羽、その子の顔のあたりに近づいてきました。ブンブンと飛び回ります。

食事後の臭いが残っていたのでしょう。恐れ、慌てた子どもは手ではたこうとしました。最悪です。

「いごいては（動いては）あかん」と、いそは叫んだものの時すでに遅しでした。

しかし、不幸中の幸いでした。この時、巣はまだ小さく、働き蜂も少なかったからです。

巣の近くにいたのはこの一羽のみ。多くの蜂に襲われれば死に到らなくても重症化します。

診療部屋に運び込まれた子どもは、刺された額が痛いと泣き叫びます。

元良は「蜂刺されには尿がよく効く」と聞いていました。蜂刺されのため、馬の尿を薬瓶に持っていました。

「馬の尿より、人の尿の方がよく効くだろう」と、いそには内緒で自分の尿も薬棚に持っていました。

この、秘薬による治療だけで、腹痛についてはお互いに忘れ、母親と子どもは帰って行きました。

その晩、玄関わきの巣は爺やが駆除してくれました。

簡単です。暗くなってから、藁を丸め竹棒の先に括り付け、火をつければよいのです。

勿論、建物に燃え移らないよう気を付け、巣に近づけます。

幼虫以外の蜂は、火に攻撃を仕掛け、すべて焼け死んでしまいます。

三日後には、痛みも完全に消え、母親は元良先生のお陰と、治療のお礼に（治療代）として大根を三本持参してこの件は決着を見ました。

蜂の毒には、尿が効くと云うのは全くの迷信です。尿と共に傷口に黴菌が入らなかったことが幸いしたまでで、子どもの傷は自然治癒、体力が勝り、治るべくして治ったまででした。

刺された場合、まず針を抜くことです。そして患部を、流水で洗い、冷やしてください。

草刈り場をめぐる争い

ヒグラシゼミが「カナカナカナ」と、一日の、そして夏の終わりを惜しむかのように、もの悲し気に鳴いています。

終日患者も無く、元良はいそと二人、薬草畑の雑草を取り、水を撒いていました。

仲睦まじい二人を暖かく見守り、爺やも女中も手出しはしません。

時々顔を見合わせ微笑み合い、薬草の手入れを楽しんでいました。

そんな時、「先生ござらっせるか（いらっしゃいますか）」あわただしく来訪者がありました。

怪我人が出ているとのことでした。「すぐ来てほしい」と言います。

元良は男を先に、馬で後を追います。元良の後から医療器具が入った薬箱を爺やが担ぎ走ります。

爺やは「はぁはぁ」と荒い息遣いで後を追いますが、先に行く使いの男や元良を見失います。

元良は時々馬を止め、爺やが追いつくのを待ちます。

「若い奉公人を雇うか、それとも弟子を採ろうか」と脳裏をかすめましたが、「先生はようきておくんさい（早く来てください）」とせかされます。

追いついた爺やに「あんじゃないか（大丈夫か）」と声をかけ、馬脚を緩め男の後を追いました。

現場へ着くと二人の男が横たわり、数名の男女が取り囲んでいます。

殆ど全員腕や頭に切り傷を負っています。顔が赤く腫れた者もいます。

「おら（俺）が草刈っとったら、あの衆等がござらせて（来られて）、草を持って行ってまわした。（しまわれた）」

「あの衆らは鎌の他に鍬も、もっとらっせたで（持っておられたので）、やられてまった（しまった）」

とりあえず、骨折し横たえられた男の治療からはじめ、傷を負った者たち全員の手当てをし、成り行きを聞き出し、刈り場（草刈り場）が原因だと知りました。

善蔵《ゼンゾウ》が所有を主張する刈り場へ、作之右衛門《サクエモン》が仲間を連れて襲撃したと言うのでした。

田圃の肥《こや》し（肥料）と云えば、堆肥に決まっていました。

田圃で米を育てるには堆肥用の草は必需品でした。

開墾に開墾を重ね田圃を増やせば、草地が減ります。樹木を伐採し田圃や畑を増設したのですから、田畑の周りは森林ばかりで草原は減少するのは当然の結果でした。

田圃を作れば（稲作をすれば）年貢米も出さねばなりません。どうしても肥しが必要です。田圃の開墾は藩の了解が必要でしたが、他の土地は、先に手をつけた者の所有が常識でした。開墾で田地が増えれば増えるほど草地が必要です。平地を開墾すれば残るのは樹木が密生する斜面です。大きな矛盾が生じました。

個人と個人の、さらには藩を跨いでの、草刈り場をめぐる争いが生じました。

一応の手当てを済ませ、帰宅時八十吉を訪ね、事の次第を話し、善後策を依頼したのでした。

土地争いの仲介は、藩のお役人か村役に決まっておりましたが、藩まで訴え出ることは皆無でした。村役に代わり八十吉が両者を呼び出し、父親譲りの計算で田圃の面積と草場の面積から、比例配分で両者に納得させたのでした。

勿論計算の前には、現地の測量に時間をかけました。八十吉は「これが自分の仕事だ」と納得していました。元良医師は、これが「伊東本家の主だ」と感心しました。いそも、父親の働きぶりに満足でした。

薩摩示現流？剣士の誕生

八十吉の孫　五郎恵《ゴロウエ》

「胴！」「エイッ！」「面！」等々、気合のこもった叫び声と、パシッ、パシッと竹刀と竹刀が打ち合い、嚙み合う激しい音。

多くの剣士たちが立ち合い稽古の真っ最中です。

そんな中「キエーイッ！」と甲高い、まだ子供のような掛け声と「まだまだ」との大人の声が混じります。同時にドスンと胴衣を叩く竹刀の音が。

そちらへ目を移すと、悠然と構える初老の剣士の前を、右へ左へと隙を探し動き回る子供の姿があります。十歳を過ぎるか過ぎないかの年頃です。

八十吉の孫・五郎恵《ゴロウエ》です。

五郎恵は、論語の素読、書写や算術等いわゆる座学も、毎朝学んではいましたが、積極的ではありませんでした。

それより祖父・八十吉や父親、そして家人をつかまえ剣術の稽古をせがみました。遠慮しながら相手をしてくれる家人には怪我を負わせることも度々でした。

そんな孫・五郎恵に手を焼いた八十吉が、苗木藩の藩医である桃井養運に預けたのでした。

養運宅には、八十吉の娘・いそに婿入りした元良医師が暮らしていた部屋が開いていたため住み込みで、学問（座学）は養運を師に剣術は藩の道場へ送り込んだのでした。藩の道場へは桃井医師の口利きであったことは当然です。

座学では、意味を考え謎を解き明かす算術には興味を示し、熱心に励むことが出来ました。

しかし、意味を考えることのない書写や素読には、長く座り続けることが苦痛でした。

身体を動かす剣術には全くの別人、水を得た魚とでも云うのでしょうか。打たれても打たれても、相手を打ち負かす工夫に集中しました。

そんな五郎恵の姿勢に注目していたのが、その時立ち合った初老の剣士でした。長岡作左衛門と云います。彼は道場から道場へと渡り歩き、門弟たちの指導を買って出て、いくばくかの金銭を懐に入れる、旅の剣術家でした。

いわゆる道場荒らしではありません。

穏やかな人柄である上、様々な剣の流儀も会得しており、教えを受ける門弟たちの希望する様々な流派の手ほどきをしてくれました。

そんな彼の本性は幕府に仕える隠密だったのです。各地の道場を流れ歩き、それぞれ藩の内情を探っているのでした。

しかし、苗木藩・飯地村についてはその秘密に気づかなかったことが五郎恵に幸いしました。

長岡作左衛門は五郎恵に言いました。「お前の熱意には感服した。だが、お前は未だ子どもだ。今の身体では、上からの攻撃には防ぐ手立ては一つしかない」

「なんですか、それは」

「逆に相手の頭上を狙うことだ」「薩摩示現流だ」

「なんですか。そのサツマ何とか云うのは」

「木曽川の河原のような広いところに、自分の背より少し高めの杭を、一間くらいの間隔で、十本くらい打ち込むのじゃ」「それが出来たら、杭を敵と思い、杭と杭の間を走り回り、狙いを付けた杭に近寄り、敵より高く跳びあがり、敵の頭上に一撃を加え、次から次へと敵の全部を打ち据えるのじゃ」

跳び上がり杭を打ち据える時、「チェースト」と気合を込めて叫ぶのが薩摩示現流だと教えられました。

彼は、弟子たちを壁際へ下がらせ、空けた中央で高く跳び上がり、形を見せてくれました。

高く跳び上がった際、頭の先から膝までを垂直に伸ばし、膝から下は両脚を揃え後ろへ伸ばし、「ちェーストト」との気合と共に、両手で剣を相手の頭上に打ち下ろすのです。

長岡作左衛門の教えは、自分の先祖として崇められている、祐利の剣法とは真逆です。

祐利は相手を殺めてはいけないと戒めています。長岡は相手を一撃で倒せと言うのです。

この時五郎恵は、この矛盾には全く気づきませんでした。

しかし長岡の教えに感動を覚えながらも「目立つ行為は厳に慎むよう」八十吉から言われていることだけは頭から離れませんでした。

木曽川の河原でこの練習を繰り返せば目立ってしまいます。

その晩五郎恵は桃井医師と遅くまで話し合いました。

長岡師匠に教えられた流儀が自分に一番適していること。しかし苗木での稽古は人目につくこと。

飯地の山で、自分より高いところにある枝を、杭に見立てて、打てば良いのではないか。

平地を走りまわるより、斜面の方が鍛錬になるのではないか。等々。

五郎恵　イノシシを仕留める

山々で目覚めた小鳥が鳴き始めるころ、小鳥の鳴き声に交じり「チエーストト」との気合のこもった掛け声が聞こえるようになりました。雨の日も風の日も、毎朝です。

声の聞こえる山々は、昔の鬱蒼と樹木が生い茂る原生林ではなく、炭の原木や薪が切り取られた、里山林へと変貌していました。

「若様が頑張ってござる」と眠い目をこすりながら、近所に住む人々も床を離れます。

飯地へ戻った翌朝から五郎恵は木刀を握りしめ、山の斜面を走り回り、目を付けた樹に駆け寄り、しゃがみ、跳び上がり、枝の付け根を「チエースト」の気合のこもった掛け声とともに木刀で打ちます。これらが一連の流れを作っています。

毎朝繰り返しているうちに、直径一寸（約三センチ）の枝を切り落とすまでになりました。真剣ではなく木刀でです。

五郎恵の剣術に対する情熱はますます掻き立てられました。

多くの多くのアブラゼミが姦しく鳴く、昼少し前、荒縄で縛ったイノシシを引っ張って帰ってきました。五郎恵の額から、顔中から、汗が噴き出しています。

イノシシは額から血が吹きだし、顔中が赤く染まっています。

「若様、やりんさったなも」「お手柄やったなも」と使用人たちが集まり、口々に褒めてくれます。

「何の（たいしたことではない）」と平静を保とうとしますが、鼻をピクピクと動かし、自慢げな態度は隠せません。

周りの人々も褒めてくれます。

「若は敵《かたき》を討ってくんさったんや」

「ほやほや（そうだ　そうだ）タケノコが出たらみんなイノシシに食われてまった（しまった）」

「芋も全部掘られてまった」

「いんね（いや）そんね（そんな）ことより、米もよけい（沢山）食われてまったがや」

「イノシシはおらんたぁ（自分たち）の敵や」

口々にイノシシによる被害と五郎恵の武勇を誉めそやします。

「暑い時に熱々のしし鍋もええもんやぜも」

「焼いて生姜だまりの方がええ」

「今夜はごっつおやなも」

口々に嬉しそうな顔で言い合っています。

「皆で良い《い》ようにしれ（せよ）。足りなんだらまた捕ってく来るで」

と、五郎恵は、獲物を引き渡し、満足気に井戸端で身体を洗いました。

その日の午後、母親からの激しい言い付けで、墨を擦り、論語の書写を始めました。あまり気が進みません。ただ筆を動かしているだけで、上の空です。

今朝の武勇と薩摩示現流への工夫のみが脳裏をよぎります。

走り回りながら、ちらりと見た一本の松に注目したのでした。

横に伸びた枝が、高さと云い太さと云い、これぞ目標の敵だと直感しました。

しかしその根元で寝そべり、三匹の子どもに乳を与えているイノシシ母子に気付かなかったのです。

これは剣士として不覚だと言わざるを得ません。

その松に走り寄り、根元でしゃがみ、跳び上がりざま「チエースト」と叫び、枝を叩き切ったのです。

跳び下りた近くに、逃げ遅れたイノシシの子どもが居たのでした。母親はすでに遠退いていました。

子イノシシは母親を追おうとしたのですが、とっさのことで母親を見失い「ブー　ブー」と別々の方向へ逃げようとします。

咄嗟に母イノシシは我が子を守るため、五郎恵に突進して来ました。

結果は、夜のしし鍋です。

しかし、イノシシ親子に気付かなかった不覚も否めません。

これは剣士として不名誉なことです。

そこへ母の多み《タミ》が入ってきました。

慌てて居住まいを正し、丁寧に書写をしているふりをしましたが、これまで書いた文字と、いま書いたばかりの文字とでは一目瞭然です。

母親は糾しました「お手習いもせず、なぜ山ばっか走っとるんや」「何故殺生をしたんや」と。

五郎恵は、苗木で習った薩摩示現流と、今朝の話をしました。

「ほんで（それで）その子らはどうなったんや」「誰が乳やっとるんや」

「・・・・・」五郎恵は答えられませんでした。

「おしゃ（お前は）、どうやって、いこう（大きく）なったんや」

母親はそれだけ言うと姿を消したのでした。

タケノコ、芋、米を荒らされた敵討ち、多くの大人たちから称賛された五郎恵の武勇、てっきり母親からも褒められるとばかり思っていました。

混乱しました。

「良いことをしたのか、それとも悪かったのか・・。」

「自分には母も居る父も居る。可愛がってくれる祖父も居る。この家族が居て今の自分がある」

「母を亡くしたイノシシの子どもたちは生きてはいけないだろう」

「今頃どうしているだろう」

「俺は確かに、いかい（大きい）イノシシは殺した」

「俺は悪くはない」

「イノシシが俺に向かってきた」

「あの時殺されていたかも知れない」

「薩摩示現流で命拾いしたのだ」

「しかし三匹の子どものことは考えなかった」

等々、頭の中は整理がつきません。

庭からは「カナカナカナ」と、ヒグラシゼミの寂しげな鳴き声が、風に乗ってきます。

しかし混乱する五郎恵の耳には届きません。

その時背後から「兄《にい》、まま（ごはん）やぞ」と、妹の声がしました。「兄《にい》の捕って来たしし鍋やぞ。旨い匂いがしとるに」

五郎恵は答えません。

「ままやちゅうに」

「おしら（おまえら）で食え、腹は減っとらへん」動こうともしません。

心配した母親が呼びに行こうとしましたが、「止めておけ」と義父・八十吉に止められたのでした。

夜遅くまで五郎恵は考え続けました。

「もうイノシシの子どもたちは生きていないだろう」

「子どもは母親の乳が無ければ生き続けられない」

「今の自分は父母そして祖父にも守られ、生かされている」

「いや。女中や家人たちも世話をしてくれる」

「それだけではない。米や野菜を作ってくれる人もいる」

「畑で作った綿や、蚕を飼って繭から糸を作り布を織り、着物を作ってくれる人もいる」

「いつも使う木刀や竹刀を作った人の顔も知らない」

「俺は大勢の人に生かされている」

「人間は、イノシシやほかの動物たちと、どこが違うのだろうか」

「成長し、乳を飲まなくなったイノシシは、自分で餌を探し、一匹だけでも生きている」

「人間は、一人では絶対に生き続けられない」

こんなことを考えながら一夜を過ごし、朝を迎えてしまいました。

家族や家人の殆どが心配しながら床に就いたのでしたが、祖父の八十吉だけは、そっと様子を覗きに来たのでした。

久しぶりの新鮮な猪肉です。

伯母・いそと義理の伯父・元良宅にも届けられ、翌朝元良が礼に訪れて、五郎恵の様子が話し合われていました。

朝食前、様子を見に来た八十吉に「自分は家族、家人の他、多くの人たちに生かされている。人間は一人では生き続けることは出来ないのではないか」と言いました。

「よく気が付いた。ご先祖様は剣で人を殺めてはいけないと申された。薩摩示現流は止めなさい」と彼の剣術まで否定したのでした。そして「他人《ひと》のために働きなさい」とも言いました。

「伯父貴や桃井養運先生のような医者になりたい」

それを聞いた八十吉は我が意を得たりと、にやりとしたのでした。その言葉を待っていたのでしょう。

その頃、ヒグラシの声も少なくなり、アブラゼミの鳴き声が激しさを増してきました。今日も熱くなるのでしょう。

元良医師に弟子入りする五郎恵

五郎恵に遅い朝食を摂らせた後、父親の祐佳、八十吉、そして元良医師の三人で、五郎恵の気持を聞き出しました。

人間は一人で生きられないこと。

そして人間と他の動物たちとの関係について。

「大根の葉には青い虫が付き、葉っぱを食い荒らす。これは迷惑ではあるけれど、この虫は蝶に替わり、南瓜《かぼちゃ》などの花に花粉を付けてくれる、だから美味しい実が成る」

「害虫でも人間の役に立つこともあるのだ」等々、人間と動物の関係を話してくれました。

「人間は一人では生きてゆけない、他人の世話にならねばならない」と「他人を助けることは自分のため」と、五郎恵は医者になることを決意し、元良（義）伯父に弟子入りを志願したのでした。

その後、五郎恵を除く三人で打ち合わせを終え、元良は「明日の午後、訪ねて来なさい」と五郎恵に言い残し帰って行きました。

翌日、医師宅を訪ね、様々話し合いました。

「字の読み書きは出来るか」と尋ねられ、これまで自分が学んだ事はご存知のはずだとは思いましたが、『論語』の素読、書写は学んでいると答えると、一冊の医学書を手渡されました。

『家伝・麻疹良（療？）法』とあり「これを丁寧に書写せよ。出来たら持って来なさい」と言われこの日の会見はこれで終わりました。

『家伝』とありますが、元良医師は婿養子です。家伝の意味が判然としません。元良医師の実家に伝わる医療法なのか、元良医師の元の苗字も、出自も調べる術はありません。『麻疹良法』とありますが〝良〟の文字は〝療〟の間違いではないでしょうか。

持ち帰り自室で紐解いても、何が書いてあるのか意味は殆ど分かりません。

ただ言われた通り書写を始めました。「これが医師への道か」とも思いましたが、あまり気が乗らない退屈な作業でした。

来る日も来る日も退屈な作業を続けました。

「丁寧に」と言われ、何度も書き直しました。

やっと書き上げたので、元良宅へ届けると、意に反して「よくできた」とは言われましたが「もう一度書き直して、製本せよ」と、また初めからやり直しです。

半紙に丁寧に書写し、紙縒《こより》で製本し、提出しました。

文字と図を書写しただけで意味が殆ど分からず、教えを願ったのですが、伯父は専門的知識のない少年には時期尚早だと思ったのでしょうか「今はただ書写に専念せよ」と、次の課題が与えられたのでした。

『秘伝　要方加増記』との表題でした。

この時「書写に疲れたら、表へ出て木や草、鳥や虫など生き物をよく観察せよ」とも言われました。

この時まで、木や草と鳥や虫も同じ生き物であることに、気付いてはいませんでした。

生き物は、みな生きようと努力していること、そして親は子どもを育てようとしていることを教えられたのでした。

自分が殺した母イノシシも、子どもと自分の命を守るため襲い掛かって来たことに気付かされました。

虫や鳥も、そして人間も食わねば生きられないことも、改めて教えられたのでした。

草や木も、根から水や養分を吸って生きていること。

「根は、おらんたぁ（自分たち）の口や」

そして「お天道様の光も大事やぞ」と教えてくれました。

自分たちが毎日食べる、大根や菜っ葉も、そして大切な稲も草の仲間で、田圃の水の管理と、畑の水やりの大切さを教えられ、これまでの疑問が氷解し、さすがは元良先生だと、尊敬の念を新たにしたのでした。

この時元良医師は「生き物は生きるための努力」「親は子を育てる」等、五郎恵に説きながら、喉に引っかかる物を感じていました。

「親は育てるものだろうか」との疑念を払拭出来ませんでした。

軒にぶら下がる赤蜂（キイロスズメバチ）の巣で、子殺しの模様を見たからでした。

晩秋のある朝、軒下にぶら下がる赤蜂の巣から幼虫が降ってきました。

地上には数匹の幼虫が落ちています。ピクピクと動き、まだ生きているものもいます。

頭上の巣を見上げると、巣穴から幼虫を咥えた働きバチが顔を覗かせ、幼虫を落下させたのでした。

明らかに子殺しです。恐ろしい光景でした。何故なのか理解できませんでした。

種の維持とでも云うのでしょうか、スズメバチの仲間は、秋に生まれた女王蜂しか冬越しが出来ません。

秋になる前、働きバチたちは懸命に巣を大きくし、女王バチはせっせと受精卵を生みつけます。受精卵はメス蜂に育ちます。

孵った幼虫に、働きバチは餌を与え翌年の女王バチを育てようと頑張ります。

育てられた雌の幼虫が働きバチになるか、女王バチに成長するのかは、与えられた栄養価によって決まります。

秋の終わりに近づくと、獲物も減ります。全部の幼虫を女王バチに育て上げることは困難です。

そこで女王バチ候補と他とが選別され、候補以外の幼虫が淘汰されるのだと筆者は考えますが、他にも諸説があるようです。

五郎恵　初めての治療

またもや、書写が始まりました。何とか意味を理解しようと努めましたが、文字を書き写すだけの作業に疲れました。

午後気晴らしに、畑で働く仁助の息子・常助を誘い、ヘボの巣探しをしました。

働きバチが咥えるカエルの肉片に真綿の目印をつけることは、宇兵衛の時代と、変わりはありません。

何度か、働きバチの往復から巣穴の場所を特定できました。

五郎恵が持つ餌から飛び立った、目印を付けたハチを追いかけていた常助が突然「痛い、マムシにやられた」と叫びました。

近くに畑仕事をする父親・仁助が居たことが幸いしました。

駆け付けた仁助は、手にした鍬で撲殺し、常助の踵からマムシを引き離しました。

五郎恵は、常助の踵が泥塗《どろまみ》れであることにも躊躇せず、傷口に口を付け、マムシ毒を吸い「ペッ」と吐き出す、この行為を、何度となく繰り返したのでした。

蝮毒の中心成分はタンパク質です。五郎恵の口から入った毒は、胃や腸で消化され無毒化されました。五郎恵に毒の影響はありませんでした。

そして自分の腰にぶら下げた手拭で、傷上部の足首を固く縛りつけました。

マムシ毒が、心臓から全身にまわることを防ぐ行為でした。

書写に明け暮れると云っても、このくらいの知識は習得していたからでした。

仁助に背負わせ屋敷へ着くと、「うつくしい（綺麗な）つぎ（布）とマムシ焼酎を持ってこい」と叫び、マムシ焼酎を含ませた布で、傷の周りを綺麗にぬぐいました。

その必要がないくらい、五郎恵の口ですっかり汚れは清められていました。

一応の手当てを終え、仁助の背で家へ帰しました。

その晩、高熱を発する常助の横に座り、額に載せた、冷やし手ぬぐいを取り替え続けました。

常助は、苦し気な激しい息遣いを続けています。

常助の両親からは「若、俺《お》らがやるで、帰っておくんさい」と言われ続けましたが、自分の責任だと五郎恵は一晩中看病を続けたのでした。

と言っても、五郎恵には額を冷やし、見守る以外何もすることは出来ませんでした。

翌朝、騒ぎを聞きつけた元良医師も駆けつけてくれましたが、その頃には、常助の熱も収まり、激しい息遣いも消えていました。

元良医師は簡単に診察を行い「これで良い、よくやった」と五郎恵を褒めてくれました。

褒められて嬉しい反面、医学書の書写だけではなく、「これがやりたかったのだ」と言いたいのを、ぐっと我慢したのでした。

しかし一冊が終わると、また一冊と次から次へと、課題は書写のみです。

『家伝・萬秘要聞記』『家伝・日用薬製記』『小児準縄提要』『膏能記』等々。

これら五郎恵自筆の書籍は中津川市遠山資料館で管理保管されています。古医学研究の参考になれば幸いです。


書写漬けの毎日です。

「診療を見学したい」「往診に同行したい」と願っても、返事は「医学書を書写し終えてから」と許しを得ることは出来ませんでした。

もともと、覚えるより理解することに興味を持った五郎恵です。

書写には興味がわきません。当然文字も乱れ、そのたびに元良医師から叱責を受け、落ち込み、机に向かうのも億劫になり、好きだった虫や小鳥の観察に外出する気力にも失せてしまいました。

何もせず、横たわっている日が続くようになり家人を心配させるようになりました。

様子を見に来た義伯父でもある元良医師が「気鬱の病」と言い、薬を調合してくれましたが良くなる気配はありません。

心配した祖父・八十吉は、先祖の家臣であった者の子孫・釜戸村（現・瑞浪市釜戸町）に住む久太郎《キュウタロウ》に連絡をとり、名医として名高い佐々良木《さささぎ》村（現・恵那市三郷町佐々良木）の古田養安《ヨウアン》医師に往診を願ったのでした。

久太郎は祐利の直属家臣であった者の子孫です。飯地村だけではなく、近辺にも家臣が散らばっていた事実を物語っています。

さらに古田養安医師は、焼き物で名高い「織部焼」で知られる茶人であり、武将の古田織部《オリベ》の子孫です。古田織部も家康から豊臣派と見なされ切腹を命じられ、お家断絶を申し渡されています。

しかし子孫は、飯地・伊東家同様、苗木藩に匿われ続けていた可能性も否定できません。

そのご子孫と思われる方（古田日出夫《ヒデオ》氏）と、筆者はお付き合い頂いております。

五郎恵の病状を診た古田養安医師は即座に、原因を突き止め、八十吉と今後を話し合いました。

三日後に久太郎が訪問し五郎恵と面会したのでした。

「まんだ（未だ）お医者になりたいと思っとらせるか（思っていらっしゃいますか）諦めらしたか（諦めたのですか）」と久太郎が問います。

養安医師の治療が功を奏したのか、五郎恵は冷静に自分の気持を話すことが出来ました。

「ほんなら（それなら）養安先生の弟子にしてもらいんさい」

「こないだ五郎恵さ（さん）が診てもらいんさったお医者様や」

「中津から名古屋まで、診たてがいいと評判の名医やに（ですよ）」

「おらが心安うしてもらっとるお医者さまや」

「紹介したるで、これから一緒に行こまいか（行きましょう）」と、久太郎が言うので、五郎恵はその場で同行を決意したのでした。

全て八十吉の思惑通りです。

五郎恵　古田養安医師の弟子になる

義伯父の元良医師は、まず医学書や薬草の文献を書き写させてから、徐々に解説、手ほどきを予定していたのですが、思惑が違い、五郎恵は最初の一行から、その意味が知りたかったのです。

五郎恵にとって「何故そうなのか」との、理解への欲求が先行していたのです。

文化元（一八〇四）年閏正月より、五郎恵は佐々良木の古田養安宅へ住み込み、勉学に励むことになったのです。


旧暦での閏×月と云うのは、×月を二度繰り返し、閏年は一年が十三ヶ月でした。この場合は二度目の正月と云う意味になります。

やっと願いのかなった五郎恵だったのですが、気掛かりは最大の理解者である祖父・八十吉と、更に父親までが体調を崩していたことでした。

しかし、二人とも「心配せず、医学の道を邁進しなさい」と励ましてくれ、元良医師も「二人のことは任せておけ」と送り出してくれたのでした。

元良医師はこの時、自分の教育法と、五郎恵の思惑との違いに気付き、養安医師に任せることが最善だと考えていました。


佐々良木の養安医師宅での最初の晩でした。

「何故医師になりたいのか」と質問された五郎恵は、子連れイノシシを薩摩示現流で倒し、残された子が生き延びられたのかが気になったこと。そして多分生きてはいないだろうこと。

「剣術と云うのは、人の命を奪うためのものなのか」

「自分一人では、衣食住の何一つできない。全て他人《ひと》の働きにたよっている」

「他人の命を奪うことは自分のためにもならない」

「怪我人や病人等、他人の命を救いたい」

「今まで頑張った剣術は間違っていたのだろうか」

「他人のため役立つ、剣術はないものか」等々。順不動で思いつくまま答えました。

「殺しを目的にしない武術もある。柔術と云う。刀も何も武器は持たない。自分も柔術を学び、訓練している」

「大井宿（現・恵那市大井町）に、柔術の道場がある。紹介してやろう」

「医術はおれが仕込んでやろう」と五郎恵の希望を全て受け入れてくれると言われ、幸せな一晩になりました。

翌日から患者の診察、治療、そして往診など医療の現場に立ち会わせてもらい、夜には五郎恵が書写した医学書も参考に、この日接触した患者について詳しく、そして易しく解説してくれました。

さらに武術では、大井宿の柔術道場への入門も許され、希望のすべてが叶えられたのでした。

往診の帰りに、病状、治療法の詳しい説明を受けたり、道すがら見つけた薬草の名前や薬効を教えてもらったり、早朝二人で柔術の稽古をしたり、毎日充実した日が続いたのは、ほんの数か月でした。

突然五郎恵から、充実した生活を奪ったのは、八十吉の逝去でした。

隠れ伊東家七代目五郎衛門・祐貞《スケサダ》の誕生

弟子入りした年の暮れ、最も五郎恵を理解してくれていた祖父・八十吉がこの世を去ってしまい、更に父親までが床に伏し、明日をも知れない状況だと言います。

急遽、帰省した五郎恵は、隠れ伊東家の七代目を継がねばなりません。

因みに、祖父は伊東五代目五郎右衛門・淳徽《アツキ》、父は六代目五郎右衛門・祐佳《スケヨシ》と、密かに隠れ伊東家当主として名乗っていました。

もう一つ五郎恵と云う幼名は本人が名付けたものでした。幼い時から「ゴロウ　ゴロウ」と呼ばれ、「将来五郎右衛門になるのだ」と聞かされ続け、〝五郎右《ごろうえ》（門）〟から一文字を変え、五郎恵と名乗ったのでした。

八十吉葬儀の翌日、五郎恵は七代目五郎右衛門・祐貞《スケサダ》を名乗り、隠れ伊東家当主としての責任が双肩に圧し掛かることになったのです。

この七代目五郎右衛門・祐貞襲名の日、伯父・元良医師から、苗木の六代藩主・遠山友将《トモマサ》公の書を襲名祝品として「家宝にせよ」と手渡されました。

「俺が伊東家七代目当主五郎右衛門・祐貞だ」と誇り喜ぶ気には全くなれません。医師への道が閉ざされようとしているのです。

しかし、病床の父からか細い声で「医の道をあきらめるな」と力なく手を握られ、涙しました。

そして義理の伯父・伊東元良医師からも、自分の希望を諦めず、病に苦しむ人々を救う道を進むようにと励まされたのでした。

「医の道を歩む」と決心したからには、いや人間として、まず父親を看病しなければなりません。

病気の原因が分かりません。医学書をあさりました。元良医師も診に来てくれます。

弱弱《よわよわ》しく見えますが、まだ老齢ではありません。

勿論、薬草を煎じて飲ませました。

ともかく「滋養のあるものを」と義伯父にも言われ、ツグミの麹漬けの身をほぐし、卵の黄身、蜂の子等々、考えられるものは全て、父の口へ運びました。

「父上いかがですか」

「旨い。お前が作ったのか」「すまんのう」

「もう良いから、はよう養安先生のもとへ戻れ」

「はい　そうします。その前に、ようなって（良くなって）安心させて下さい」

「無理言うな。もうすぐお迎えが来よう」

「爺様よりお若いではありませんか」「早う元気になって下され」

しかし、炎がだんだん小さくなり、命の灯も消え尽きる時が来てしまいました。

医師・遊亀《ユウキ》の誕生

亡き、祖父、父親の願いでもあり医師への望みを捨てることは出来ません。

当主としての仕事もこなさねばなりません。

疲れ果てて五郎恵こと祐貞は庭の石垣に座り、いつもの習慣で池を眺めていました。

誰が放ったのか、何時から棲んでいるのか、赤や黒の大きな鯉が悠然と泳いでいます。

そんな中、のんびりと亀が首を出して浮かんでいます。

滑稽な姿でした。

以前から見かけた光景でしたが、この時、亀の姿が妙に気になり、眺め続けたのでした。

父親の看病、そして葬儀。

当主としての重責、医師への修行、心身ともに疲れ果てた五郎恵にとって、亀はのんびり遊んで暮らしているように見え、うらやましくも思ったのでした。

この時「忙中閑あり」との言葉を思い出し、この言葉こそが、今の自分に求められているのではないかと思い〝遊亀《ユウキ》〟の文字が浮かびました。

この後五年間、飯地村と佐々良木村を行き来し、文化六（一八〇九）年、六ヶ年の修行生活も終わりを迎え、養運師匠から独立を許され、医師・遊亀《ユウキ》を名乗ることになりました。

この時、養運医師から、独立祝いとして次の詩が贈られました。

仰ぐぞよ　その名をあげて　いつまでも
行くすえひろき　道のまうえを

遊亀の返歌は

六か年過ぎて　此の道のりの事
仕合せや　おもうとおりに　なりにけり
病家の数も　日々にいやまし

独立を許された遊亀は飯地村の他、中之方村、福地村等木曽川以北の村々の診療が任され、尾張領の久多見村へも往診に出掛けることがありました。

池で遊ぶ亀

腹痛や、風邪での高熱で呼ばれることの他、難産で苦しむ女性のもとへ駆けつけることもありました。

内科、産科で各地を駆け回りましたが、骨折などの外科的治療は出来るだけ元良医師に任せました。

そんな遊亀を悩ませたのが疱瘡でした。高熱を発し身体中にブツブツと膿包が噴き出し、死に至る病です。

一人が発症すると次々と家族にひろまり、一家全滅と云う悲惨な現実も目の当たりにしました。

伝染性の病気であることは認識されておりましたので、遊亀は山の中に隔離小屋を建て、患者を収容し、部屋を湯気で満たし、熱い額を、濡れ手ぬぐいで冷やし、懸命に看病しましたが、完全治癒には至りませんでした。

この当時疱瘡（天然痘）の死亡率は約四十パーセントであり、半数以上の患者が自然治癒していました。

しかし全身に痘痕《あばた》が残りましたが、二度と発症しないことは知られておりました。

この疾患は初期症状が麻疹《はしか》とよく似ており、死亡率の低いこの病《やまい》との見分けも難しく、遊亀を悩ませましたが、疱瘡、麻疹とも生存者から感謝されたものでした。

そして名医として、遊亀の名を、高め広めたのでした。

生存者に痘痕が残るか残らないかで、両疾患が別ものであることに、遊亀は気付いてはおりましたが・・。

そして痘瘡に関しては、全患者を完全治癒させることは、力不足であると痛感していました。

未だ痘瘡の治療法がよく分からないのです。

麻疹に関しては、かつて元良医師から書写を命ぜられた『麻疹療法』が参考にはなりました。

インドでは紀元前から免疫療法・患者の膿を接種する人痘法が行われていたようです。しかし、接種された人が感染するなど危険も伴いました。

一七九六年、イギリスのエドワード　ジェンナーにより牛痘法が開発され驚異的効果が現れましたが、遊亀の時代には未だ日本へは伝わっていませんでした。

一九八十年にWHOは「天然痘の世界根絶宣言」を出しました。


遊亀には分かっていました。

両疾患とも、自らが持つ自然治癒（生命）力が大きかったと云うことも・・。

しかし、遊亀の治療がなければ死に至っていたかも知れないと、患者の生命力を支えたのは自分だとの自負心も持っていました。

多くの亡くなった患者の前での無力感・・。

自負心と無力感の間で、忙しく働きまわる遊亀でした。

ともかく感染を防ぐことです。

患者が出ると、山の中に、竹を柱にワラ製の莚《むしろ》で覆ったのみの粗末な隔離小屋を近隣総出で作ります。

痘痕が残る、痘瘡からの生存者が看護にあたりました。

小屋の中へ、火鉢を持ち込み、湯を沸かし、小屋中に湯気を充満させ、額には冷水に浸した手ぬぐいを載せ、食事、用便の世話までさせました。

看護を引き受けた人々は全員、遊亀のお陰で命が救われたと信じて疑わない人たちで快く、この仕事を引き受けてくれました。

看護の甲斐なく、患者が亡くなるとその場で荼毘に付し、小屋も焼却したのでした。付き添っていた看護人が「自分のせいだ」と自責の念に苦しむ様子に「おし（おまえ）は、よう（よく）やった。これは神様の決めらした（お決めになった）寿命や」と励まさねばなりません。

最も悲しい瞬間でした。無力感に苛まれる瞬間でした。

久多見村（尾張領）へも往診

山の木々が色づき始めた初秋の夕暮れ、尾張領・久多見村の庄屋から使いがやって来ました。

「他村へ嫁ぎ、赤ん坊を生むため里帰りしている娘が、昨晩から産気付き、難産で村の取り上げ婆さんが手を焼いている」との連絡でした。

使いの者も「お嬢様は、目も当てられない苦しみ様です」

「助けておくんさい（下さい）」と言います。

遊亀もこれまで、久多見村の浄土真宗・法誓寺の祝いの会に出席し、宴会用の鯖寿司を口にしたとたん、危険を感じ、飲み込まず口からそっと出しました。

会席者に、告げようか告げまいか、迷ったのですが、主催者に恥をかかせてはと、結局黙っていました。

全く裏目に出てしまった苦い経験があります。

参加者が帰宅を始めると、早い人は寺に居る間に嘔吐を始めたのです。

帰宅した人々から次々と往診の要請があります。

手持ちのキハダ、センブリなどの乾燥粉末でその場をしのぎました。

幸い一人の死者も出ず、苦い経験と裏腹に遊亀は「名医」だとの、名前のみが広がる結果となってしまいました。

この騒動で足止めを喰い、帰宅は翌朝へとずれ込んでしまいました。


久多見村庄屋の頼みを断ることは出来ません。

「早う来ておくんさい」と使いの者は催促します。

約二里（八キロメートル）の距離です。

一瞬、馬で行くか自分の脚で走るか迷いました。

標高差の大きい飯地村と久多見村です。

獣道を利用した細く急峻な道を下らねばなりません。

〝薩摩示現流〟の稽古時から、鍛え抜いた脚腰に自信のある遊亀です。

四つ脚の馬より自分の脚を信じていました。

常助に薬箱を担がせ、使いの物を先頭に走りました。

険しい下り坂では遊亀が先頭を走ることもありました。

庄屋宅では、赤子が頭の先を覗かせています。狭い骨盤の間から出られないでいます。

妊婦は殆ど気を失っております。母子共々生死の境です。

ともかく、子どもを引っ張り出さねばなりません。

素手での作業です。骨盤を押し広げ、赤子を取り出しました。

取り上げ婆さんにはとても出来ない力作業でした。

臍の緒が首に絡み、赤子は仮死状態、産声は聞かれません。

遊亀は赤子の背中を掌で叩き、その衝撃で呼吸・産声に成功しました。

一応の手当てを終え、母子の無事を確かめ、常助に荷物を持たせ帰途に着きました。

泊まって行くよう勧められましたが、帰りを待つ病人の事を考え、遅い夕食は庄屋宅で馳走になり、借りた提灯で足元を照らし夜道を急ぎました。

その後ろ姿に、庄屋夫妻と取り上げ婆さんが、そして家人たちが畏敬の念を込めた感謝の眼差しと声を送ります。

「有難うございました」以外の言葉はありません。

暗闇でその姿を見ることはありませんでした。

この時、治療費も往診代も一切受け取りませんでした。

後に、久多見村庄屋から、礼の品が届けられたことは言を待ちません。もちろんその際、提灯は返却しました。

この件でますます、尾張領でも、遊亀の名医ぶりと人柄が称えられることとなりました。

後の、苗木領と尾張領の土地境を巡る争いにも影響することになったのでした。

気味悪く鵺《ぬえ》の鳴く晩

裏山から「ヒーッ」と高く澄んだ鳴き声が響いてきました。

夜明けには未だ間のある時刻でした。遊亀は疲れた体を布団に横たえたばかりです。

再び「ヒーッ」と一声。

「鵺《ぬえ》か」

夜中から夜明け前に聞こえる、この声の主はトラツグミと云う鳥ですが、当時は正体は知られておらず、山奥に住む妖怪・鵺と考えられていました。伝説上の妖怪です。

鵺の顔はサル、タヌキの同体、四肢はトラ。尾はヘビだと考えられ、「ヒーッ」との鳴き声は、不吉な事が起こる凶兆とされていました。

山論《やまろん》・尾張領と苗木領の土地争い
尾張領からの侵略　活躍する遊亀

遊亀はこの日も（正確には昨日から日を跨いでいます）夜半に難産に苦しむ女性の父親・仁助から呼び出され、やっと役目を終え帰宅したばかりでした。

鵺の声に不安を感じ「あの赤子が無事に育ってくれればよいが・・」そんなことを思いながら、眠りに吸い込まれようとしたとき、犬の吠え声を聞いたような気がしました。

しばらく夢うつつでしたが、慌ただしい足音と「旦那様、福地（現・加茂郡八百津町福地）の庄屋様からのお使いがござらっした」と女中の声が掛かりました。

寝巻の上に羽織を羽織っただけの姿で、門口に顔を出すと、提灯で足元を照らし、手ぬぐいで頬かむりをした二人の男が、吠え掛かる太郎に怯えたように立っていました。

太郎をなだめる遊亀に二人の男は頬被りを取り、一人が「朝早うから申し訳ねいだ」「庄屋様からの手紙でございます」と懐から書状を取り出し、差し出しました。

もう一人の男は「樽洞《たるぼら》（福地村内の地名）で大勢の怪我人が出とります。助けておくんなさい」さらにこの男は、中之方（現・恵那市中野方町）の村役人からも「早う来て欲しい」との伝言されたと言います。

他村の人までが助けを求めていると言うのです。

これまでの不穏な空気、小さないざこざがついに爆発したのかとの、不安が遊亀の胸を覆ったのでした。

その場に二人を残し、女中にローソクに火を付けさせ、福地村庄屋からの書状に目を通しました。

「昨日から久多見村の者が、樽洞へ大勢押しかけ騒動になり、怪我人が出ております。往診をお願いします」と書かれています。

「来るものが来たか」と思いながら、只単に怪我人の治療を求められているのか、この書状の裏で自分が求められているものは・・等々、頭の中を、めまぐるしく、自分が要求されている事、自分がなさねばならない事などが、回転します。

「早う来ておくんさい」門口から遠慮がちに催促の声が聞こえます。

女中や、家人たちも焦りを見せます。

そこへまたもや、樽洞から一人が息を切らせながら駆けつけ、「多くの怪我人が出とります。早いとこ来ておくんさい」と、大声で叫びます。

考えていたより大変な事態であることを直感しました。土地争いの戦いです。

藩は顔を出さないものの〝尾張〟対〝苗木〟の農民による代理戦争です。

多分苗木領（福地村、犬地村、中之方村、飯地村）の農民達は防戦のみで、相手方を殺傷してはいないだろう。怪我人は苗木の者のみだろうと思いました。

ともかく怪我人の治療をしなければなりません。

そして争いを一時的にでも止めなければなりません。

それが今の自分の役目だろうと考えました。

死者が出ているかもしれません。

自分も命を落とすかも知れないと覚悟を決めました。

いくら薩摩示現流の達人と云えども、多人数を一人で相手することは殆ど不可能です。

しかし、絶対に相手の命を奪うことはあってはならないと自分を戒めるのでした。

門口から「早う」「早う」との叫び声を耳に、女中に髷を直させ、医師としての威厳を見せつけるため、最上の羽織と、乗馬用の袴に身を包み、腰には脇差を手挟み、馬の準備を命じたのでした。

薩摩示現流の稽古で足腰を鍛えた遊亀です。自分の脚で走る方が早いことは決まり切っています。

服装で、久多見からの侵略者を圧倒しようとの計略でした。こけおどしです。

三人の使者を先頭に、遊亀が馬に跨りその後から薬箱を担いだ常助が従います。

平坦な道ではこの順番は狂いませんが、急峻で狭い下り坂では、どうしても馬が遅れてしまいます。

獣道を、人間が利用するようになった細く険しく〝道〟の名に値しない下り坂です。イノシシやカモシカより大型で、しかも背中に遊亀を載せているのですから。

三人は口々に叫びます「遊亀様は馬からおりてくんさい」「馬はおら達が後から届けるで」

遊亀にも分かっています。早く手当てをしなければ命を落とす者が居るかもしれない。犠牲者が増えるかもしれない。

それより、この争いを阻止しなければならない。これが最上の方法だと考えたのでした。百姓身分より、脇差を挟んだ医師の方が格上に考えられていたからです。

繰り返しになりますが〝こけおどし〟であることは十分理解しておりました。

馬の背で、草刈り場の争奪であろうと考えていました。当時の肥料は干し草を積み上げ発酵させた堆肥が主流で、これが無ければ稲は育ちません。

田圃同様草刈り場は必要不可欠です。大大名尾張領の農民と云えどもプライドだけでは生きてゆけません。彼らも必死です。

尾張領の久多見村と、苗木領の犬地村、福地村では草刈り場や水場を巡る争いは古くから繰り返されていました。

もっとも、尾張領から苗木領への侵略のみで、その逆はありませんでした。

六十数万石の尾張領に対し、一万余石の苗木領です、農民のプライドにも大きな格差がありました。プライドだけではありません。上下の格差も歴然としていました。

約二里（八キロメートル）の道を一刻（二時間）を要したでしょうか。

夜はすっかり明け、お日様が照り付けていました。

文化十二（一八一五）年四月十二日の事でした。

庄屋宅の玄関先で、家人から「病人を一人、二人を診てやっておくんさい。病人は樽洞の樽丈介《タルジョウスケ》の家に寝かされておりますだ」と伝えられました。

庄屋はすでに現場へ駆けつけていると言います。

使いの者から聞いた「大勢の怪我人」と、今の「一人二人の病人」に不信を感じながら樽丈介宅を訪れました。

そこには福地村の庄屋はもちろん塩見・苗木藩鉄砲隊頭領・河方氏、赤口《あこう》村庄屋・山口親子その他、中之方村、切井村の村役人が彼らなりの正装で、遊亀の到着を待ち受けていました。

福地村の樽洞を久多見の者たちが占拠し、福地村を中心に多くの者たちが捕らえられていることが伝えられました。その中に飯地村の者も含まれていると言います。

恐らく久多見から大挙して樽洞へ侵入したため、地元・福地の者だけではなく、近隣の犬地、中之方、飯地からも防衛に駆けつけ、制圧されてしまったのでしょう。

福地村の庄屋たちは、相手側と交渉に出かけようと、遊亀の到着を待ち受けていたのでした。

脇差を手挟み羽織に乗馬袴姿の遊亀は、自分の姿に「これで良かった」と思いながら、任務の大きさに重圧感を感じたのでした。重圧感と共に命の危険すら感じ、これまで封印してきた〝薩摩示現流〟すら頭をよぎりました。

しかし、瞬時に「人を殺めてはいかん」と自らを戒めたのでした。

福地村の庄屋一行に案内され現地・樽洞へ出かけました。

遊亀ただ一人、馬に跨り彼らに案内されます。

相手側にも福地村の庄屋をはじめ苗木領の村役たちが、交渉に来るであろうことは計算済みでした。

準備万端整え待ち受けていました。

農民同士の土地争いを装っています。士分の者は絶対現れないと、たかをくくっていたところ、馬上の遊亀の姿は想定外で、少々驚いた様子でした。

現場に近づくと数百名もの久多見側の者たちに取り囲まれたのでした。この人数から久多見村以外の者が混ざっていることは明らかです。

久多見村以外の尾張領の農民を動員して、この土地を久多見領と認めさせる作戦でした。

久多見側の者たちに前後を囲まれ樽洞に近づくと番所まで設けられていました。但し番所には武士の姿はありません。農民同士の土地争いであり、尾張藩としては一切関知しないとの作戦です。

番所を通り抜け、馬頭観音前の石段両側に、先を鋭く尖らせた竹槍を持ち、足元に石飛礫《いしつぶて》（武器として投げつける石）を山積みにした男が二十人ほど直立不動で立っています。

彼らは一言も発しません。まるで石段に並べられた、険しい表情の石仏です。

この石仏たちは全員、藁で髪を束ね、ひげを長く伸ばしています。

相当以前から、準備・訓練されていた様子で、険しい表情で威圧するのみで、攻撃は仕掛けてきません。

この無表情の石仏たちの中に、遊亀に対し、辺りを憚りながら、そっと頭を下げる者を見逃しませんでした。

それも一人や二人ではありませんでした。

自分自身や妻の命を救われたもの、娘の難産を助けられた者たちでした。

石仏たちが手にする竹槍は、全て丈助宅の竹薮を伐採して作った物ばかりです。近く一面に、切られたばかりの枝葉が散らばっています。

石仏ばかりではなく、一行を取り巻き恫喝する男の中にも遊亀に対し、軽くお辞儀をする者もありました。

遊亀にはこれが目的で、自分が呼び出されたことを確信しました。

怪我人の治療ばかりではなく、争いの仲裁が期待されているのです。

相手方、久多見村の庄屋宅へも何度か往診を頼まれ、夜間泊められたこともありました。

医師として久多見側の者からも尊敬の念で接っしられていました。

攻め入った久多見の拠点でしょうか、杉や檜皮で屋根を葺いた小屋が二軒建てられていました。

地元住民を竹槍や石飛礫《つぶて》で威嚇し追い払い、建設されたものでしょうか。かなり本格的な造りです。

その一軒に傷付けられた、福地村の安衛門《ヤスエモン》と直吉《ナオキチ》の二人が荒縄で手足を縛られ、石で殴られたのか頭は切れ血がこびりつき、顔は青黒く腫れあがっています。

多分昨晩から飲まず食わずで転がされていた様子です。

息も絶え絶えで殆ど物が言える状態ではありません。

二人は遊亀の顔を見ると、少し安心したのか、何か言いたげに見えました。

安衛門の口に耳を近づけると「水」と言います。

近くの者に「水を持ってこい」と声をかけると「罪人《とがにん》にそんなことは出来ぬ」と言います。

遊亀は言葉を荒げました「馬鹿者。牢獄でも飲み食いさせている。まして重病人である」と。縄を解かせ、水を飲ませると顔色も徐々に回復しました。

怪我よりも、恐怖心から心身が痛めつけられていたのでした。傷も致命的なものはなく、応急手当を施し小屋を出ました。

小屋を出て〝血取り場〟へ行くと驚きました。地獄絵図です。六十人余りの人々が縄で数珠繋ぎにされ転がされています。意識を失っている者、額や手足から血を出している者、出血跡の無い者は一人もありません。遊亀に気付いた者は「手当をしておくんさい」「助けておくんさい」「縄を解いておくんさい」等、口々に助けを求めます。

周りを取り巻く久多見側の者たちは手に手に竹槍や棍棒を持ち、遊亀の行動を見張っております。

「縄を解け！縛られていては手当も出来ぬ。早く縄をとけ！」と強く命じました。

「これは太田代官所（尾張藩岐阜県側の役所）の御用の縄です」と代官所の指示であると言い募ります。しかし役人の姿も十手持ちの姿もありません。〝御用の縄〟とはその場の言い訳にしか過ぎません。いや、陰に隠れた尾張藩の意図があったのかも知れません。

「馬鹿者。死人が出たらそなたらが死罪になるぞ」

「縄に縛られていては治療も出来ぬ。早々に縄を解け！」

六十余名中、手当の必要なものは二十名ほど、それほどの重傷者はいませんでした。

止血。打ち身には膏薬等々手当をしていると、相手方の頭《かしら》からの連絡があったのでしょうか。久多見村から医師・赤塚正立《アカツカショウリツ》がやって来て治療の真似事をしました。

数珠繋ぎにされていた者全員の健康状態を確認しながら「その方らの全員の名前を書きつける。一人ひとり申し述べろ」と侍言葉で命じました。

縄につながれた全員の治療が終わるころには、久多見側の者は、一人二人と全員が姿を消し去っておりました。

遊亀は、後を追わないよう密かに指示しました。

「やっと一仕事を終えた」と汗を拭っていると「まんだ怪我人がおりますだ」と言います。少々離れた追《おい》分《わけ》村の庄屋宅に寝かされているとのことです。重症の者を密かに隣村まで運んだと言うのです。

馬を駆り追分村の庄屋宅へ駆けつけると、直吉《ナオキチ》が寝かされておりました。

直吉は、樽洞へ入る道下の藪の中に、荒縄で縛られ石を投げつけられ、放り込まれていたのが発見されたとのことでした。

額と眉に傷を負い顔面血だらけで寝かされておりました。

命には別条ないと判断し、手当を施し、樽条左衛門宅へ引き上げたのは日がとっぷりと暮れた後の事でした。

その晩遅く酒食のもてなしを受け、少々ほろ酔い気分で布団に身体を横たえました。

少々酒を馳走になったとは云え、あまりにも強烈な体験であり、すぐには眠りにつくことは出来ず、一日を振り返りました。

怪我人の殆どが福地村の人であり、中之方村、飯地村等、近隣の村民も含まれていました。すべて苗木領の人々であり、久多見村の者は含まれていませんでした。

応援を含め、久多見村から多くの人が押し掛け、殆ど無抵抗の福地村の人々を縛り上げ、占領した樽洞へ集めた暴挙でした。

このような暴力行為は、一般の百姓に出来るわけがありません。訓練を受けた軍事集団だと思いました。この軍事集団も相手を傷つけただけで、全員引き揚げてしまい、苗木領の者に怪我させることが目的だったのでしょうか。

出会った久多見側には、庄屋や村役の姿はありませんでした。格好だけでも、久多見の赤塚医師が駆け付け怪我人の治療を装ったことは、尾張藩は無関係だと強調する意図が見え見えだと思いました。

今後に尾を引くのではないかと、あれこれ心配が頭をよぎりましたが、昨晩からの疲れに負け、深い眠りに引き込まれてしまいました。

〝馬頭観音〟〝血取り場〟との言葉が出てきましたが、この二つは殆ど一対です。

〝血取り場〟とは農耕馬の発情を抑え、おとなしく働かせるための去勢施設です。施設と云ってもただ脚を縛る棒杭が立てられているだけです。雄馬の陰嚢を切り開き睾丸を切り取るだけです。俗に言うキンヌキです。

傷口が倦まないように。赤く熱した鉄板で傷口を焼きました。もちろん麻酔もありません。これがもとで命を落とす馬もいました。

この去勢をされる雄馬を慰めるために祭られたのが〝馬頭観音〟でした。

山論《やまろん》の前触れ　文化十年
欅《けやき》の自然倒木

尾張から苗木への不当な侵略の前触れは二年余り前、文化十（一八一三）年初秋に遡ります。

苗木領犬地村には、苗木藩が所有する森林がありました。

その山には欅《けやき》の大木が四十七本ありました。下刈りなどの管理は全て村民に義務付けられていました。

村民たちも当番で「お殿様の木」として大切に見守っていました。

その大切な一本が、台風の影響で、倒れてしまったのです。

村にとっては大変な出来事です。お殿様からお預かりした大切な木が倒れてしまったのですから。

驚いた庄屋は、処罰覚悟で、藩役所へ届けました。

翌日、現場を見た古田儀兵衛《ギヒョウエ》、吉田武衛門《ブエモン》の二人の山役人は「仕方のない自然倒木」と判断してくれました。

再び藩役所へ呼び出された庄屋は、代官・植松清作《セイサク》と山奉行・神田茂助《モスケ》を現場へ案内しました。

二人からも、何のお咎めもなく「伐採し用材にせよ」と命じられたのでした。

庄屋から、用材作りを依頼された、杣の倉蔵《クラゾウ》とその手下が用材作りの作業を行っているところへ、久多見村の清左衛門《セイザエモン》と喜右衛門《キエモン》の二人がやって来たのでした。

「おしゃんたぁ何をやっとるんや。ここは公方様（幕府）の土地やぞ。打ち首になるぞ」と脅します。全くの言いがかりです。

これまでの経緯を知る倉蔵は、耳も貸さず作業を続け「おらんたぁは庄屋様から賃仕事を請け負っただけや。文句があるなら庄屋様に言ってくりょ」と、とり合いません。

その後、犬地と福地の庄屋間で、「苗木藩所有」「天領」との応酬が続き、役所は顔を出しません。

その後、作業現場へは心配した犬地の庄屋と村役・栄左衛門《エイザエモン》も駆けつけましたが、久多見側は無法にも八十人もが押しかけ、殴る蹴るの暴力をふるい、挙句には鉄砲まで打ち、震え上がらせました。

結局倉蔵と栄左衛門を立ち木に縛り付け、用材を馬の背に意気揚々と引き上げて行きました。

苗木藩役所より「堪忍仕り候よう」仰せつけられ候

すぐさま、この有様を、庄屋、村役たち全員が、苗木藩の役所に訴え出て「尾張藩太田役所へ掛け合ってもらいたい」と願いましたが「堪忍仕り候よう仰せ付けられ候」（庄屋の日誌より）で終わってしまったのでした。

結局、小さい藩は巨大な藩には太刀打ちできないことを見せつけられる結果となり、さらに、苗木領への侵略がエスカレートし、二年後の暴力事件にまで発展したのでした。

加害者が原告、被害者が被告
幕府・目安箱へ訴える久多見

遊亀の出現により福地村の庄屋から「樽洞は久多見領」との念書を取ることに失敗した久多見村は、逆に「苗木領の村々が久多見村を侵略している」と江戸の目安箱へ訴えたのでした。

加害者が原告、被害者が被告です。

文政二（一八一九）年の晩春の事でした。

訴状は目安箱から十一代将軍徳川家斉へそして評定所へ移され、此処で寺社奉行を中心に町奉行、勘定奉行等、八奉行によって裁かれることになったのでした。

尾張領からの訴状提出に苗木藩主・遠山友寿《トモヒサ》の驚きは想像を絶します。

訴状の内容が認められれば「領民の管理不行き届き」で苗木藩は改易、藩主の切腹にもなりかねません。

早速、遊亀は苗木藩から助けを求められました。

事情を知った遊亀は、相手が御三家筆頭と云えども、尾張藩の横暴から苗木藩を守ることが、隠れ伊東家の宿命であり、七代目五郎右衛門・祐貞の役目だと腹をくくりました。

しかし五郎右衛門・祐貞こと遊亀は、表に出ることは出来ません。あくまで陰に徹しなければなりません。

関係者が福地村の庄屋宅に集まり、善後策を話し合いました。もちろん顧問として遊亀も参加しました。

この会合後、治療は義伯父・元良に託し、遊亀は尾張領と境を接する村々を歩き、綿密な絵図面を書き上げました。

蛭川村の庄屋・勘左衛門《カンザエモン》も村々を走り回り、結束と訴訟に掛かる費用の援助を呼びかけました。

格上の尾張藩の工作があったからでしょうか、評定所の対応は早く、久多見による訴状提出から一ヶ月後には「九月二十五日に出頭せよ」

「久多見からの訴状に対する返答書を持参せよ」との命令書が届きました。

尚、この呼び出し状には自社奉行四人、町奉行二人、公事勘定奉行二人の計八人の署名捺印があるため、『御八判』と呼ばれました。

この八人の中に、勘定奉行・遠山左衛門尉の名前があります。テレビドラマでお馴染みの、後に南町奉行を務めた「遠山の金さん」です。

この『御八判』が飯地村にまで届けられ、飯地村で呼び出されたのは、もちろん陰役・遊亀ではありませんが、庄屋でもなく、村役の宇八《ウハチ》でした。

返答書として、これまでに決定している村境の図面、久多見からの侵略の様子、樽洞での暴力事件等々、全て遊亀一人で書き上げました。もちろん関係庄屋、村役とも綿密に話し合ったことは当然です。

結果は苗木藩側の完全勝利に終わりました。しかし、御三家筆頭・尾張藩の顔を立て「和解」との名目で決着を見たのでした。

決着に至るまでの過程は小著『小さな小さな藩と寒村の物語』に詳しく書きましたので、そちらに譲ります。

江戸では幕府の評定所、寺社奉行所で取り調べが続いたのですが、遊亀はあくまで陰に徹し、お白洲へ顔を出すことはありません。一行と同じ公事宿《くじやど》（公の訴訟に関し地方から来た者が泊まる宿）に泊まることもありませんでした。

陰の相談役であり指南役、そして陰の用心棒です。

呼び出された者全員、近隣の村々を行き来しても、遠く江戸まで旅したことのある者は一人もいません。それなりの旅費も懐に持っています。

途中、彼らの懐を狙う者も少なくありません。そんな彼らを守るのに、桃井養運医師から手ほどきを受けた柔術が役に立ったことは言を待ちません。

苗木藩藩主・遠山知寿《トモヒサ》公との面談

幕府から呼び出された者たちが、お白洲で取り調べを受けている間、遊亀は苗木藩の江戸屋敷を訪問していました。

藩主・遠山友寿《トモヒサ》公と面談していたのです。

「世話を掛けるのう」

「とんでもございません。遠山様のお陰をもちまして、只今まで生き延びてまいりました」「心からお情けに感謝しております」

そんな会話の後、話題が飯地の開墾、開拓へと移りました。

「深い山の中と聞くが、開墾は進んでおるのか」

「はぁ、一か所を除いてはほぼ農地への開墾は終わりました」

「その一か所とは何処じゃ」

「沖の洞と申します。ここには、昔から村人たちの信仰を集める〝白髭大明神〟を祭る神社がほぼ中央にございます」

「その白髭神社に退いてもらえば良いではないか」

「遷宮するのでございますか」

勿論、話題の中心は「黒を白だ」と言い張る、久多見側の侵略であり訴訟問題でしたが、遊亀の落ち着いた姿に、遠山友寿領主も安心したかのようで、飯地の開墾問題も話し合われたのでした。

白髭神社の遷宮　盗木事件に発展

藩主との話し合いで、白髭神社の遷宮を決意した遊亀でした。

飯地へ戻ると、直ちに行動を起こしました。

庄屋、村役たちを集め、いや、あくまで遊亀は陰です。庄屋宅に集まってもらったのです。


庄屋屋敷の目の前に白髭神社がありました。庄屋が神社の管理を任されていたのでした。「神社の近くに庄屋屋敷があった」との表現が正確です。


田地を広め、米の収量を増し村民の生活を豊かにするのであれば、神様も喜んで下さるだろうと、遷宮に反対する者はいませんでした。

まず神社の新築です。

続いて、神官（行者様）を呼び、村中総出で遷宮の儀式を行いました。

後は、これまで通り、原生林を伐採し田圃の開墾です。

伐採した樹木は、これもこれまで通り枝を落とし皮を剥ぎ、丸太にしました。

白髭神社（遷宮後）

その丸太を牛に曳かせ、木曽川から八百津を経て、桑名方面へ売り渡し、開墾費用に充てたのでした。

この行為がもとで、言い訳のできない、飯地村を揺るがす大問題が発生したのでした。

苗木藩所有の社木を盗伐したというのです。

盗伐の事実が発覚したのは、文化十四（一八一七）年のことでした。（時間的に前項と整合性に欠けますが。あえて当時の記録のままにします）

白髭神社遷宮は、遊亀と遠山友寿領主との話し合いで決まったことでした。

尤も台風の影響で、神社の一部が破壊されており修理の必要性にも迫られておりました。

「修理を機に遷宮する」しかも「藩主の意向である」ことも連絡済みでした。

この時、庄屋様とは名ばかりで、飯地村を実質的に支配するのは鉄砲隊頭領の河方惣衛門《ソウエモン》氏であり、実務は遊亀に任されていた時代でした。

〝盗伐〟の実態は、丸太を木曽川から流す作業を請け負った人足による横流しでした。

この現場を見た、隣村・木曽川河畔の住民からの訴えにより発覚したのでした。

実は現場を確認したこの隣村住民（名前は避けますが）から「内緒にするから」と金銭を要求されたのを無視した結果でした。

無視と云うより、遊亀自身この横流しに気づいていなかったのです。

この事実を河方惣衛門氏から聞かされた遊亀にとって、全くの寝耳に水の出来事でした。

大事件です。杉、檜を一本盗むと首が飛ぶという時代でした。

「すぐ来い」と連絡を受けた遊亀は、村役・助左衛門《スケザエモン》、喜平治《キヘイジ》の二人を伴い、河方邸へ急ぎました。旧暦九月二十九日の事でした。

その際、家人に「庄屋をはじめ、全ての村役に、遊亀宅で待機するよう」連絡を命じておきました。惣衛門氏との密談は長く続き、皆が待つ自宅へ戻ったのは夜遅くなってからでした。

全員に口裏合わせの練習をさせ、そして人足たちの名は絶対に漏らさないよう指示したのでした。口裏は「苗木藩の台所を潤すため開墾した」との一点張りです。

こんな子供じみた言い訳が通用するほど、苗木藩は窮乏していましたが、河方氏によると、藩主の意向も働いたものと思われます。

十月一日五つ（午前八時）、お城より取り方が訪れ、（名ばかりの）庄屋と、組頭二名、六組の組代それぞれ二名の、計十五名が手錠をかけられ、各組二名の百姓代が付き添いとして連行されたのでした。

もう一人切井村の与衛門《ヨエモン》が手錠をかけられ連行されたのでした。

この者は、材木の仲買業者でこの事件の主犯と考えられています。

お城で三日間お調べを受けましたが、誰一人前もって話し合った言い訳以外の自供をするものはありませんでした。

全くの茶番が通用してしまったのでした。

十月四日、十六名の人々は手錠をかけられたまま、飯地へ戻り、遊亀宅が仮の留置所として面倒を見ることになりました。

〝罪人〟十六人、監視役十二人、さらには城から連行した役人を泊めなければなりません。

食事でも〝罪人〟と監視役、そして役人とでは、それぞれ質量とも差別を付けねばなりません。両手錠をかけられた〝罪人〟の食事、用便の世話にも苦労を背負わされました。

遊亀は面倒を見させられることより、この十六名の今後が気になります。悪くすると死罪も免れません。組頭、組代と云えども、全て一族の関係者であり、遊亀の意向による開拓事業での結果です。あえて言えば主犯は遊亀です。

与衛門を除けば個人的な犯罪ではありません。全て飯地村のために働いた結果です。しかし河方氏から「心配するな」との言葉が唯一の安心材料であり、この言葉にすがるしかありませんでした。

表向きの庄屋も罪に問われています。

河方惣衛門の嫡男・河方文左衛門《ブンザエモン》が庄屋代行を命ぜられ、これまで陰の役を担っていた遊亀が、文左衛門の補佐を命ぜられたのでした。初めて表の社会に顔を出した瞬間でした。

取り調べ方の役人・野村豊七《トヨシチ》が、罪の軽減を示唆し、一人の家族から（個人名は特定されていません）賄賂の金子を要求し、受け取ったことが発覚しました。

結局この役人は打ち首の刑に処せられたのでした。

贈賄側には、十六名の入牢以外お咎めはありませんでした。

十二月十日までもの二か月以上も、仮牢として〝罪人〟の面倒を見させられたことになっていますが、それは表向きで、役人が帰った後は与衛門以外は、手錠を外しそれぞれの家へ戻しました。

十一日、役人来訪の連絡が入りましたのでそれぞれを呼び戻し、両手錠をかけ、恰好を付けました。

この間、二か月もの間、与衛門以外の十五名を自由にさせたのです。

もちろん連絡はとり合っていましたが〝罪人〟たちは〝死罪〟の可能性に怯えなければなりません。

逃亡者が出れば遊亀も同罪です。心の休まることはありませんでした。

その頃流行していた疱瘡の治療に没頭し、心配を忘れようと努力しましたが頭の隅から離れることはありませんでした。


役人到着前〝罪人〟全員に両手錠をかけることが出来、ホッとする遊亀でした。それだけ両者の信頼関係が強固だったのです。

しかしこの朝、賄賂を受け取った野村豊七の斬首刑が執行され、暗くやり切れない気持ちに陥りました。

この報には〝罪人〟達の処遇にも、暗雲が立ち込めているように思え、心配が募りましたが〝罪人〟には伝えませんでした。


心配は杞憂に帰しました。

夕刻、御徒士目付《おかちめつけ》以下中間《ちゅうげん》まで十三名の苗木藩士が訪れ、遊亀宅が臨時のお白州になり、庄屋、与頭を除く十三名の釈放が許可されたのでした。

この中に主犯格の、与衛門も含まれていましたが、与衛門に関しては中之方村との村境まで、釈放されたばかりの十二名が付き添い、切井村の村役たちに引き渡したのでした。

この翌々日、下目付《しもめつけ》と中間の二人が奉行代理として遊亀宅を訪れ、与頭の二人に与頭役職停止の解除が言い渡され、釈放されました。

その晩二人の奉行代行は一泊、翌日、庄屋の役職停止解除を申し渡し、城へと戻って行ったのでした。

その日のうちに、庄屋と前日許された与頭との三人は、服装を改め、二人のお役人を追うように城へお礼に出かけたのでした。

勿論手土産を携えて・・・。

このような、後の世での笑いものになるような、儀式を経て、飯地村を代表する穀倉地帯・沖ノ洞の田圃(沖田)が出来上がったのでした。

白髭神社も村人たちの信仰の地、祭礼、飯地歌舞伎発生の地として文化、交流の拠点としての役割を担うことになったのでした。

挿入　飯地村の先住民　縄文人

筆者は飯地村の信仰の中心だった、白髭神社について少々拘りを持ちます。

一般的に、白髭神社は〝猿田彦《さるたひこ》の尊《みこと》〟を祭る神社と云われています。

しかし、日本人の氏神様は天照大神とされているはずです。

飯地村では後に、天照大神も祭られています。

常識的に、順序が逆ではないでしょうか。

古老から「白髭神社は、この地に住んでいた、白い髭を蓄えたアイヌの酋長を祭った神だ」と聞いたことを思い出しました。

尚、酋長と云う言葉は差別用語です。

縄文時代の話です。

前にも述べましたが、この地から、縄文時代の遺物が出土しています。

熊、猪、羚羊《かもしか》等山の動物を狩って生活していたのでしょう。

矢じり（矢の根石）も沢山発見されています。

彼ら・縄文人は、私たち・現在の日本人（和人）より、以前から生活の場としていたことには間違いありません。


神話の話も含みますが、神武天皇（天皇家初代）によって、この国の先住民・縄文人を駆逐し、橿原に都を作ったとされています。

その後、朝廷から征夷大将軍に任命された、坂之上田村麻呂等により徹底的に駆逐され、北海道の一部に細々と、この国の先住民・アイヌの人々が、生き残っていることは、誰しも知るところです。

それより新しいところでは、源頼朝が征夷大将軍に任命されています。

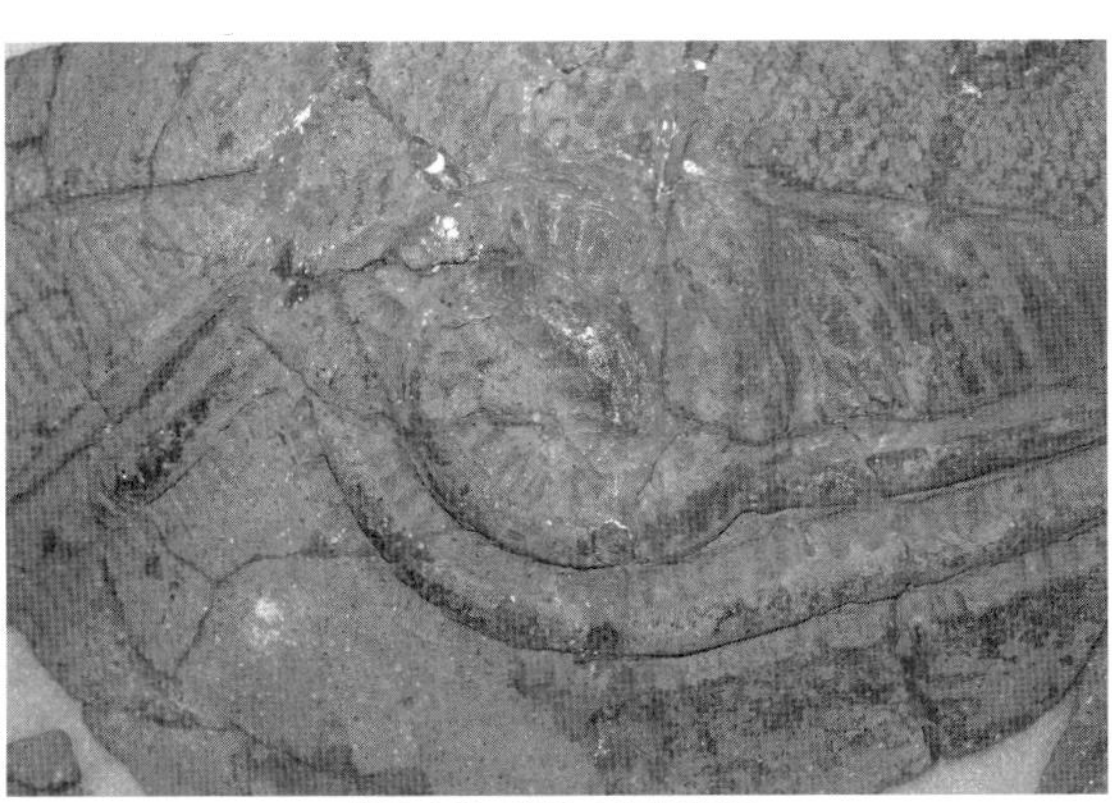

縄文土器（飯地小学校所蔵）

征夷の〝夷〟とは異民族の蔑称です。

征夷大将軍の命を受け、この地から縄文人を駆逐（混血もあったと考えられます）したのは、苗木藩確立より以前の事でした。

和知から伊東一族が隠れ住む以前から、纐纈、柘植等を名乗る人たちが住んでおり〝御被官〟（幕府ではなく皇室の臣）を誇りにしていました。

征夷のためこの地へ攻め入り、獲物になる動物も多く、そのまま住み着いた家系だと推測されます。

幕臣ではなく（もちろん苗木藩の家臣でもありません）、皇室の臣だとの誇りから、苗木藩とは着かず離れずの関係を保っていました。

隠れ伊東家では、これら御被官の家系とは積極的に血縁を結びました。

白髭神社の祭神は、猿田彦の尊ではなく、この土地に住んでいた縄文人の酋長だったと考えられます。

白髭信仰は縄文人から継承されていました。

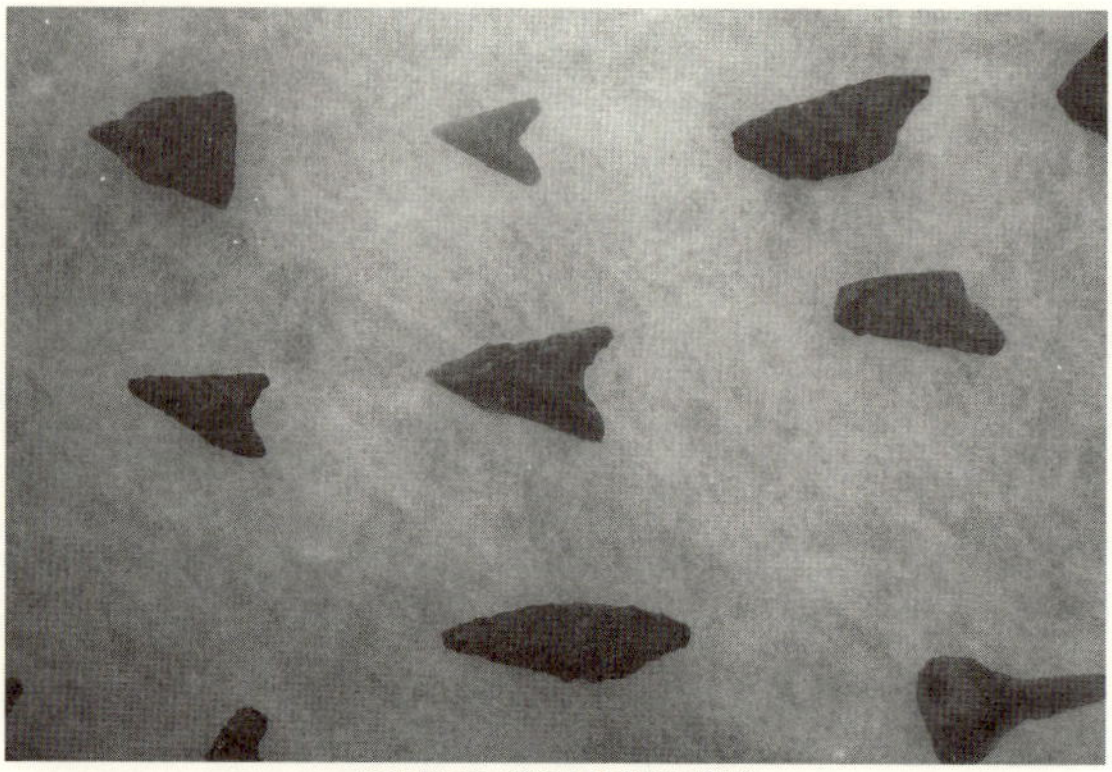

矢の根石（飯地小学校所蔵）

御被官とは奈良時代に制定された律令制の名称で、下級官庁に属する官吏の名称でした。

しかし、時代が下ると、律令制とは無縁に有力者に従う者も被官と呼ばれるようになりました。

農民でも、大地主に従う小作農民が〝被官百姓〟と呼ばれることもありました。

飯地・伊東家と飫肥伊東家の接点　高野山・常喜院

高野山大火災　文政十三年

文政十三（一八三十）年、山々は新緑に彩り始めた三月二十四日（勿論旧暦です）夕刻、この地では見かけたことのない僧が、隠れ伊東家を訪れました。

入口軒下で、これまで聞いたことのない念仏を「ブツブツ・・・」と唱えています。

この辺りに托鉢の僧が訪れることはめったにありません。

伊東家の菩提寺は久多見村の法誓寺であり、浄土真宗大谷派でした。

唱える念仏は「南無阿弥陀仏」一般には略して「なんまんだぶつ」「なまんだぶ」に決まっております。

この僧は「南無大師返上混合《なむだいしへんじょうこんごう》」と念仏ではなく、御宝号《ごほうごう》を唱えていたのでした。高野山・真言宗の僧侶だったのです。

見知らぬ僧に気づいた女中が「姉《ねえ》さま（奥様）！お坊様がござらせただ（こられました）」と奥に向かって叫びました。

取り込んだばかりの洗濯物を畳んでいた茂左衛門の妻（七代目ではなく六代目の娘、遊亀の末妹）は、誰が来たのかと、玄関口で頭を下げ、上目使いに相手を見ます。

身なりもいわゆる乞食坊主ではありません。それなりの衣をまとってはいますが、足袋と草鞋は、雪解けの泥にまみれています。

「何しにござらせたのだ」時刻も時刻です「今夜はどうせらっせる（される）のだろう」「泊めなければならないのか」と経験のない疑問が頭をめぐります。

「御免くだされ。お内儀様でおられますか。拙僧、紀州の国・高野山から参りました」

この辺りでは聞いたことのない言葉で挨拶しました。

唯事ではないと、主人・茂左衛門を呼びに走らせました。

夕方とは云えまだ男たちは山仕事中でした。

女中にすすぎ水を持って来させ、とりあえず座敷へ招き上げました。

「どこから、おいんさったやえも（いらっしゃったのですか）」

この言葉が通じたのでしょうか。

「拙僧、先ほども申し上げましたが、紀州高野山から参りました」

「ほんね（そんなに）遠いとこからござらせたか」「ほんでなにしにござらせたんや」

「高野山が大火に見舞われ常喜院が灰になり申した」

これを聞いた女房は一瞬言葉を詰まらせましたが「なんたら（なんと云う）憂《う》いことが・・・」驚きを隠せません。

亭主・茂左衛門が一年ほど前、高野山を詣で常喜院に泊まったこと。

その時の土産話を何度も聞かされたばかりです。

高野山は女人禁制のお山です。生涯お参りすることはかないません。

茂左衛門の土産話を、一言も逃さず聞いたものでした。

山仕事から急いで戻り、客間に顔を出した茂左衛門には、直ぐに、高野山・常喜院からの使者であることが分かりました。

常喜院は日向飫肥・伊東家の菩提寺であり、茂左衛門も飯地・伊東家の八代目当主の座に就くと、直ちに高野山にある飫肥・伊東家の墓所に詣で、この時読経してくれた僧が目の前にいるのです。

ともかく、風呂で旅の汚れを落としてもらい、夕食を摂りながら高野山大火の様子を聞きました。

この時、飯地隠れ伊東家では先代遊亀が残した借財も多く、さらにこの山間部では物々交換が中心で、手持ちの現金は殆どありませんでした。

高野山大火の見舞金としては少なすぎ、恥ずかしく思いましたが、無い袖は振れません。現金一分と百文を差し出し、近日中に工面し送り届けると約束する以外方法はありませんでした。

翌朝、握り飯、新しい足袋、草鞋と共に、送り出したのでした。

この件で注目したいことは

遠く離れ、標高も高く原生林に覆われた山の中に、隠れ住む伊東家について、高野山・常喜院が知っていたことです。それも大金の寄付を期待していたことです。

飫肥の伊東家との現金のやり取りの場であったからだと推測されます。

飯地・伊東家の書類には記されていますが、残念ながら高野山では明治二十一（一八八八）年、再び大火に見舞われ、常喜院の書類一切が灰塵に帰してしまいました。

幕府・巡検使を立ち入らせなかった飯地村

天保九（一八三八）年、苗木藩の国家老をはじめ重役たちを慌てさせました。

幕府の巡検使が巡察に訪れるとの情報が入ったのでした。

徳川の時代になって、これまで経験のない、初めての出来事です。

幕府開闢以来すでに二百有余年、日本で一番小さく、幕府に対する謀反等考えられなかったのでしょう。

これまで無視されていたと言っても過言ではありません。

しかし、小さな小さな藩です。領内の悉くを、つぶさに視察することは難しくはありません。

難癖をつけ、改易に追い込むことは造作もありません。

むしろそれが目的だったと思われます。

境を接して、大大名である、徳川尾張藩があります。

以前にも煮え湯を飲まされた〝山論〟事件もあり、徳川家にとっては〝目の上のたん瘤〟です。

苗木藩にとって巡検使から絶対隠し通さねばならないのが、飯地村でした。

木曽川からそそり立つ、樹木が生い茂るのみの山だと幕府に届けられていました。

それが豊臣ゆかりの隠れ里なのですから。

それも開墾に開墾を重ね、田園風景が広がっているのですから・・。

そして、徳川尾張領との境界付近に、鉄砲隊の集落まであります。徳川を狙っているとも取られかねません。

国家老は飯地村の八代目五郎右衛門・茂左衛門《モザエモン》を呼び出し、城下でこっそり面談しました。

巡検使を飯地村へ立ち入らせない方法が話し合われたのでした。

飯地村を取り巻くように巡検使用の道普請、橋の付け替え、休息場所等々、その経費の殆どを茂左衛門に求めました。

他に馬二足（二頭）と駕籠かき人足が四名必要だと言われました。

この駕籠かき人足には驚かされました。

飯地村には、経験者皆無です。

力と持久力が必要です。籠が揺れてはいけません。

もし不始末を起こしたら首を刎ねられるかもわかりません。軽々しく承諾することはできません。

苗木の城には殿様用、その他重要人物用の駕籠が何挺かあります。

それぞれの駕籠用の六尺もいるはずです。


駕籠かきのことを六尺と呼ぶのは。六尺褌《ふんどし》を締め仕事をしたからだと云われます。


茂左衛門は丁重に断り続けましたが、どうしても聞き入れられません。

「飯地周辺を良く知っている村人が良い」と聞き入れられませんでした。

「これまで匿い続けてきたのだから、当然」だと言います。

この時、茂左衛門は八代目五郎右衛門です。苗木藩に匿われて百七十年も経過しており、代々伝え聞いているとは云え、実感はほとんどありませんでした。

さらにこの時、茂左衛門は六代目の娘婿であり、自身隠れ伊東家と血縁はありません。（七代目遊亀には子どもがいませんでした）

自分自身がこの有様ですから、道普請等に徴用される村人たちへの配慮にも大きな責任を負わされることになります。

ともかく、「一時《いっとき》考えさせて欲しい」と答え、飯地へ戻りました。

しかし、一時でも二時でも結論の変えようがありません。大役を引き受けざるを得ませんでした。

飯地村へ戻り、庄屋、村役達と話し合い、候補者の中から選ばれたのが、長助《チョウスケ》、礼助《レイスケ》、長之助《チョウノスケ》、筆助《フデスケ》の四人でした。

「そこへ直れ！　手打ちにいたす！」

「エイ」「ホッ」「エイ」「ホッ」先棒が長助、後棒が礼助、教えられたように、右肩に籠を担ぎ左手は腰に、苗木城近くにある並松の馬場で六尺（駕籠かき）の練習中の出来事でした。

駕籠の中には太った武士が座っていました。藩内きっての大男でした。

この侍は、練習用の駕籠客として〝太って重い〟と云うだけの理由で選ばれたのでした。

長助も礼助も初めての経験です。

馬場を一周すると係りの役人が「山へ向かって坂を登れ」と命じます。

馬場の平地を進むのにも駕籠を揺らすことなく、作法通りに進まねばなりません。姿勢が崩れたり駕籠がゆれたりすると叱責が飛びます。二人には戸惑うことばかりです。まして客は藩内で一二を争う大男です。これから山道を登るのかと思うとぞっとします。

石や岩がゴロゴロした山道です。いくら斜度がきつかろうと駕籠は水平を保たねばなりません。先棒の長助が腰をかがめた時、右足下の石が動き倒れてしまいました。

客も投げ出されてしまったのです。

投げ出された武士に怪我は無かったものの「下賤な百姓のために練習台になってやったのに」と怒り心頭です。

起き上がった武士は長助を睨み付け「そこへなおれ。手打ちにいたす」と赤い顔ですでに刀を抜いています。

「貴公。早まるな」「貴公に無礼を働いたわけではない」「石に躓いたのだ」「素人だから許してやれ」「拙者は見ていた貴公に対して無礼を働いたわけではない」「許してやってくれ」係の役人も必死になだめます。

「いや許さぬ。巡検使様のために練習をしていたのであろうが。拙者が巡検使様の代わりに乗っていたのだ。巡検使様に無礼を働いたのと同じであろうが」

いやはや無茶苦茶な理屈です。上役の説得にも聞く耳を持ちません。

下賤な百姓に落とされ、腹を立てているのです。

刀を振りかざした武士の前に茂左衛門が正座し頭を下げました。

「お怒りは御尤もでございます。卑しい百姓をお切りになられても、刀の穢れになるだけで御座います。どうかこれでお怒りをお収め下さい」と、金子《きんす》をくるんだ紙包みをそれとなく相手の袖に入れ、これで一騒動が落着したのでした。

全くの素人による初めての練習に、藩内きっての太った侍を乗せたことがそもそもの間違いでした。

そのことに気づいた係りの侍は、駕籠に米俵を乗せ、並松の馬場だけではなく、城下町を稽古の場としたのでした。

仕上げの日だけは、別の侍を乗せ、二挺の駕籠で城下町を歩き回り無事稽古を終えることが出来ました。

その晩酒場で、六尺四人の労をねぎらいましたが、練習が終わったと云うだけで、本番は未だ控えています。酔うことのできない茂左衛門でした。

四人の六尺は、疲れと酔いからか、鼾をかき始めました。


茂左衛門にとって眠っている暇はありません。酔いつぶれている六尺の面倒は酒場に任せ、供一人を連れ木曽川縁にある実家へと急ぎました。

茂左衛門は飯地村・岩波で代々宿場を営む纐纈家から、隠れ伊東家八代目として養子に入っていました。

茂左衛門の実家は木曽川縁にあるため、川狩り人足や筏乗りで賑わい財を蓄え、地域ではそれなりの影響力を備えていました。

御被官として力を蓄えた纐纈家

茂左衛門の祖先は前にも書きましたが、征夷大将軍の命令で、〝夷〟を追い払うため、派遣された朝廷の臣であり、役目を果たした後、この地に住み着き〝御被官〟を名乗る名誉ある家系でした。

先住の縄文人達は、狩で生計を立てていましたので、獲物も多く、〝御被官〟の勇者達も暮らしには困りませんでした。

徳川の時代になった後も、自分たちは幕臣ではなく、朝廷の臣であるとのプライドから地域でも影響力を維持していたのでした。

茂左衛門の生家・纐纈家は木曽川縁に居を構え、川狩り人足用の宿、川魚猟、木曽川を利用した交易、そして少々離れた場所に田圃を開墾し、財を蓄えていました。

岩波の実家で一晩を過ごした茂左衛門は、生家の下方・木曽川右岸を通る、巡検使用の道路の工事現場へと急ぎました。

この道路は飯地村から巡検使の目をそらすため、筏乗り、川狩り人足たちが通る川沿いの細い道を、茂左衛門が巡検使用の道路に作り変えていたのでした。

巡検使通過の際、道路の左側の急斜面は高い山が聳えるのみで、「人は殆ど住まない地」だと、立ち入らせない計略でした。

茂左衛門が現場へ着くと、すでに苗木藩からの役人が到着し、大変な騒ぎになっていました。

昨日まで、誰も気付かなかったのですが、隣藩・尾張との境界が、一夜で様相が一変していると言うのです。現場へ駆けつけると一目瞭然です。

尾張領の道は、白い砂が敷き詰められており、苗木領では土が丸出しの道路とは呼べない悪路です。川狩り人足たちが踏み固めた道を、突貫工事で広めたばかりです。

これでは、幕府に対する敬意が疑われます。大変な事態も予想されます。

「直ちに、何とかしろ」と命じられました。

尾張領では、木曽川の下流域に白い砂が蓄積されていましたが、苗木領では全く砂などありません。茂左衛門は、竹の皮を剥ぎ細く削ったり、藤の蔓を集め、大きなとうし（篩）を作らせ、白砂に代わり、細かい土を敷き詰め、何とか難を逃れることが出来たのでした。

無事巡検使通過

一旦は死をも覚悟せざるを得なかったのですが、何とか、巡検使の目を逃れることが出来たのでした。これらの作業に多くの飯地村民、さらには苗木の領民の協力を得ることが出来ました。

茂左衛門の人徳でしょうか、一人の密告者も居なかったことは明らかです。

もちろん茂左衛門（隠れ伊東家と纐纈家）が経費の殆どを負担したことは明らかです。

徳川の時代、飯地村へは一度も巡検使は足を踏み入れたことはありませんでした。隠れ伊東家の秘密も苗木藩の秘密も、幕府に暴かれることはありませんでした。

終章《フィナーレ》

伊東姓の復活と終末

伊東姓の復活

慶応三（一八六七）年、徳川慶喜による大政奉還で徳川政権は崩壊し、隠れ伊東家も顔を出すことが可能になりました。

明治四（一八七一）年、新政府により制定された戸籍法により、伊東姓が復活しました。

初代伊東祐利が飯地の地へ隠れ住んでより、徳川幕府滅亡までの百九十八年間もの間、隠棲が続けられたのは、苗木藩は勿論ですが、平井、河方の他、纐纈、柘植一族等、多くの近隣住民が匿い続けたからにほかなりません。

密告もありませんでした。

縁戚の〝網の目〟が張り巡らされており、一族だとの意識もありました。

残念ではありますが、この戸籍法によって約二百戸すべての家が苗字を名乗ることになりましたので、現在の苗字から、縁戚関係を辿ることは殆ど不可能です。

飯地村　市政・伊東家の峠

これまで陰に徹していた市政・伊東家でしたが、徐々に表へ顔を出し始め、先ず縁家（二代目伊平治の次男・行市坊の末裔）の伊東浦蔵《ウラゾウ》が戸長（村長の前身）として、その後十二代目当主・伊東泰三《タイゾウ》が村長として村の行政を司るようになりました。（途中、何代か伊東家以外の村長もありますが）

その間、十一代目（女性）当主・伊東すぎ《スギ》は、明治二十三（一八九十）年から大正二（一九一三）年泰三に家督を譲るまでの十九年間、納税額一位の女傑と呼ばれこの地に君臨しました。

二位、三位の多額納税者の殆どが、伊東家と縁戚を持つ者で占められていました。

隠れ伊東家が自然林を開拓開墾し、田畑を拡張し続け、米の生産高を増やした結果です。

初期の開墾には〝天正の遣欧使節・伊東マンショ〟から伝えられた西洋の技術が大きな力を発揮しました。

そしてその経費は、九州日向・飫肥城からの援助も大でした。

現・伊東家の建築

さらに、すぎは先祖から受け継いだ家の傷みが気になり、改築を決意しました。

明治四十二（一九〇九）年のことでした。

大工は飯地村の住人ばかり、棟梁だけは隣村中之方村（現・中野方町）の小出末吉《スエキチ》に依頼しました。

大工の他、働き手の殆どが飯地村の住民（多くの縁戚関係者）でした。

飯地村中に縁戚の網の目が張り巡らされていたのでした。

工事の完了は二年後の明治四十四年です。

落成式には、学校が休日となり、村民の殆ど全てが祝福に駆けつけたのでした。

飯地村の宝が完成だったのです。

男女を問わず、多くの古老たちから「若い時、市政の建築に携わった」時の話を聞きます。

この家の管理を、十四代目として、任されている筆者は、責任の重大さに日々苦労を強いられています。

すぎから家督を継いだ十二代目伊東泰三《タイゾウ》は、村長を務めながら、飯地村を〝農林業国の中心〟に、とまで考えるようになったのでした。

すなわち、長男には〝林学〟を学ばせ、次男には〝獣医学〟を、三男には〝商学〟を、四男には〝経済学〟を、五男には〝ドイツ語〟を、そして六男には〝中国語〟を学ばせたのでした。

農林業には牛馬が必要であり、ヨーロッパやアジアとの貿易を見据えていたのでした。

壮大な計画でした。三位入道・義祐の小型版です。

しかし、これが峠の縁であることに気付きませんでした。

奈落への転落の始まりでした。

泰三の計画とは裏腹に、東京をはじめ都会の学校で学んだ息子たちは都会での生活に馴染んでしまったのでした。

父親・泰三は、旧制農林高等学校・林学科を卒業した長男・祐彦《スケヒコ》には、家督を譲る前、他の世界を経験させるべきだと大阪市役所に就職させたのでした。

峠からの転落

泰三が家督を譲る前、日本は戦争への道をひた走り、長男・祐彦は大阪市の〝防衛課長〟の職責を担い、昭和二十（一九四五）年の大阪大空襲の際でさえも、妻子に疎開すらさせられず、その職に留まらずを得ませんでした。

それだけではありませんでした。

さらに十二代目当主・泰三は昭和十七（一九四二）年、祐彦の帰りを待たず旅立ってしまったことでした。戦争も激しくなり、本人不在のまま、大阪で十三代目を継承することになったのでした。不在地主です。

昭和二十年八月、日本は敗戦を迎えました。

本人も、大阪での敗戦の混乱を避け、静かな飯地へ戻るべきだとは考えていましたが、日本はアメリカ等連合軍の占領下に置かれ、敗戦の残務整理を強いられ、ままなりません。

日本を支配していたＧＨＱ（連合国軍最高司令官総指令部）の方針で、民主化の噂が広がりました。

親の遺産は兄弟平等、そして不在地主の問題です。

祐彦には弟五人と、姉妹一人ずつがありました。八人の兄弟姉妹です。

不在地主の問題は、飯地・伊東家にとって最も深刻でした。

大阪の家へは、何度か飯地から使者が訪れ「一日も早く帰れ」と督促されました。

しかし、戦時中行政関係の仕事に就いています。仕事の内容によっては戦争責任を問われかねません。

これら残務整理に一年以上を要してしまいました。

GHQの命令による〝不在地主〟〝民主化〟の網にかかり、農地の殆どをこれまで作業をしていた方々（敢て〝小作〟とは書きません）に譲ることになりました。

農地、山林の大部分を七人の兄弟姉妹へ分配したのでした。

十二代目当主・泰三の意図とは真逆の結果に終りました。

伊東家の終末

「過疎　少子高齢化」

三百五十年続いた、飯地・伊東家の終末を迎えようとしています。

GHQの命令は、日本国憲法『第三章　基本的人権』に受け継がれ『第二章　戦争の放棄』と共に、日本国民の宝です。

国民個々の平等は当然です。

勿論、伊東家が所有していた田畑山林の激減は言うまでもありませんが、現況の〝伊東家終末〟とは直接関係ありません。

GHQの命令により手放した、多くの田畑には雑草が生い茂り、山林からも、経済的価値は喪失しました。

食料も、木材も安価な輸入品に頼った戦後政策の結果です。

現・伊東家所有の田畑山林も同様です。

敗戦後、人々の価値観の変化、都会への一極集中などが重なり、農山村の過疎・少子高齢化の進行が甚だしく、飯地も例外ではありません。

「飯地の宝」とまで言われた、市政・伊東の、家屋敷《いえやしき》管理維持に赤信号が点灯してしまいました。

昭和二十年の敗戦後、この国が辿った社会の歩みに取り残された敗残者です。

今後、飯地・伊東家を継承する者もいません。

〝奈落への崩落〟でこの書『敗者の歴史』も終わりを迎えました。

後書き

本書は、でき得る限り古文書に頼りましたが、純粋な歴史書ではありません。筆者の創作も含まれていることを、お断りいたします。

明治四十二年上棟、同四十四年落成の、伊東すぎによって建てられた市政・伊東家を恵那市文化課、岐阜県文化課、国の文化庁、名古屋工業大学大学院、それぞれの専門家の方々が相次いで調査に来訪されました。

その際、調査員（全員ではありませんが）の方々から「文化財的価値は高い」「何故このような山の中に、この家があるのか、歴史的価値も知りたい」と言われたことが切っ掛けでした。

私たち人間が生活するために一番大切な物は何でしょうか。

「お金」と答える人も多いかと思いますが、水害で屋根の上に取り残された被害者に、ヘリコプターから札束を渡しても命を救うことは出来ません。とりあえず食料です。

私たち人間も動物の仲間です。動物は食わねば生きては行けません。

日本の食料自給率は三八パーセントです。

そして先祖たちが懸命に開拓開墾した農地には雑草が茂っています。

このままでは伊東家だけではなく、日本の終末を迎えかねません。

私たちが末永く人間として生き続けるためにも正しい「価値観」を共有したいものです。

有難うございました

拙い小著をお読みいただき有難うございました。

序文をお寄せいただいた岐阜大学名誉教授・近藤真先生。

古文書・飯地伊東家代々の日誌「市政伊東家歳代記」を読み解いてくださった加藤宣義氏。

現場へ案内していただいた地元の楠捷之氏、林榮氏。

徳川の時代、伊東家を匿い続けていただいた河方家の現当主・河方恭平氏にもお世話になりました。

駄文を望外の書籍にしていただいた垂井日之出印刷の沢島武徳氏、並びに社員の方々に心よりお礼申し上げます。

ありがとうございました。

体調の悪い小生を支え続けてくれた妻・恭子にも謝意を表します。

最初に書くべきだったのですが、口絵の〝馬頭観音〟の写真は本文と同時期のものではなく明治廿八年に再建された観音像です。

ご存知のとおり徳川幕府が終わり、明治の維新政権により、日本を「神の国」として国家を統合すべく「廃仏毀釈」が太政官布告として命令されました。明治元（一八六八）年のことでした。

「廃仏」とは文字の如く仏教を破壊すること。「毀釈」とは釈迦の教えを壊すことです。仏教は禁止され、寺院、仏像、仏具を破壊するように命令されたのです。

この時、馬頭観音も破壊されてしまいました。

この政策も、多くの国民から反対の声が上がり、仏教が息を吹き返すのに時間はかかりませんでした。破壊された馬頭観音像も明治廿八（一八九五）年に再建されたのが口絵の写真です。

ここで参考文献を書くのが常識ですが、殆どが加藤宣義氏に解読して頂いた、我が家代々の日誌をもとにした自著を参考にしていますので、書籍名は割愛いたします。

ありがとうございました。

二千十八年十二月

飯地伊東家十四代（最後の）当主

伊東祐朔

雑草の生い茂る　旧田圃

伊東祐朔　略歴

1939 年　大阪府に生まれる　本籍地・恵那市飯地町十番地

職歴　1963 年～ 2000 年　岐阜東高等学校教諭　1974 年～ 1977 年　名古屋栄養短期大学（現・名古屋文理大学）生物学講師兼務

活動歴　岐阜県私立学校教職員組合連合書記長　同委員長　岐阜県自然環境保全連合執行部長代行　全国自然保護連合理事　長良川下流域生物相調査団事務局長　等

著書　『カモシカ騒動記』『ぼくはニホンカモシカ』『ぼくゴリラ』『終わらない河口堰問題』（以上・築地書館）『人間て何だ』（文芸社）『豊臣方落人の隠れ里』（自費出版）『小さな小さな藩と寒村の物語』（垂井日之出印刷所）『嵐に弄ばれた少年たち 「天正遣欧使節」の実像』（垂井日之出印刷所）『子孫が語る「曽我物語」』（垂井日之出印刷所）

共著　『長良川下流域生物相調査報告書』前編・後編（長良川生物相調査団）『長良川河口堰が自然に与えた影響』（日本自然保護協会）『トンボ池の夏』（文芸社）

海外調査　旧ソ連コーカサス地方長寿村　ガラパゴス諸島二回　アフリカ大陸三十数回

現住所：岐阜県恵那市飯地町 10

敗者の歴史

伊東祐朔　著

岐阜大学名誉教授
近藤　真　序文

発行日　平成三十一年一月一日

発行所　(資)垂井日之出印刷所　出版事業部
〒五〇三-二一一二
岐阜県不破郡垂井町綾戸一〇九八-一
電　話　〇五八四-二二-二一四〇
FAX　〇五八四-二三-三八三二

印　刷　(資)垂井日之出印刷所

郵便振替　00820-0-093249
垂井日之出印刷

ISBN978-4-907915-10-0

続いて読みたい本

大阪夏の陣で豊臣が滅亡した後、家臣であった伊東家の祖先が、徳川幕府の目を逃れ隠れ住んだ地、それが恵那の山中・飯地でした。苗木一万石の小藩に匿われて生き延びた一族・十四代の記録が、古文書「市政家歳代記」の解読と共に、鮮やかに現代に蘇ります。

「豊臣方落人の隠れ里 市政・伊東家日誌による飯地の歴史」（普及版）

伊東　祐朔（十四代当主）著
加藤　宣義（苗木遠山史料館）古文書解説
小池　昌晴　挿画

268頁　並製本
定価　二〇〇〇円（税込）
ISBN978-4-9903639-2-5

＊書店では取り扱っていません。

(資) 垂井日之出印刷所
電　話　〇五八四-二二-二二四〇
FAX　〇五八四-二三-三八三二
〒五〇三-二一一二
岐阜県不破郡垂井町綾戸一〇九八-一
までお申し込みください。

郵便振替　〇〇八二〇-〇-〇九三二四九
（加入者名・垂井日之出印刷）
代金引換　日本郵便代金引換を利用します。
代引き手数料一律三二四円（税込）をご負担願います。

続いて読みたい本

九州・飫肥の城主だった伊東家、敗れた豊臣側についたため、徳川幕府の目を逃れ隠れ住んだ地、それが岐阜県・恵那の山中である。苗木一万石に匿われて生き延びた一族・その七代目の時に起きた、尾張藩との土地争い。負傷者が発生し、江戸幕府での評定(裁判)が開かれ、小藩の苗木が勝訴した一大事件だった。克明に描かれた記録を基に、十四代当主・伊東祐朔氏が歴史小説として書き下ろした。

徳川御三家・尾張藩六十二万石に隣接する
「小さな小さな藩と寒村の物語」
伊東　祐朔・著

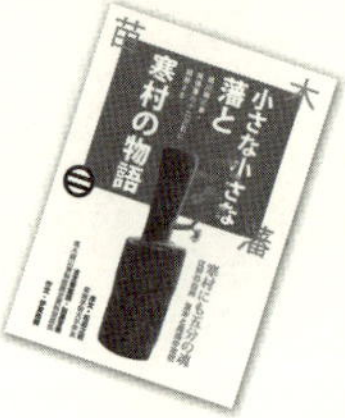

A5判　172頁　並製本
定価　一二〇〇円(税込)
ISBN978-4-9903639-3-2

＊地方小出版流通センター取扱い
(資)垂井日之出印刷所
電　話 〇五八四-二三-二二四〇
FAX 〇五八四-二三-三八三二
〒五〇三-二一一二
岐阜県不破郡垂井町綾戸一〇九八-一
までお申し込みください。

郵便振替　〇〇八二〇-〇-〇九三二四九
(加入者名・垂井日之出印刷)
郵便振替で申込みいただいた方には送料無料でお送りします。
直ぐに読みたい方は、日本郵便代金引換を利用します。
送料の他に代引き手数料一律三二四円(税込)をご負担いただきます。

続いて読みたい本

十六世紀後半、伊東マンショはじめ四名の少年使節がローマ教皇のもとへ派遣されて日本を旅立った。一行は嵐を乗越えマドリード、ローマと訪れ、教皇に謁見した。やがて帰国の途に着き八年五ヶ月ぶりに日本の地を踏んだ。しかしそれは禁教令の発せられる中での帰国であった。領土的野心の満ちた宣教師の思惑や、異文化との接触に戸惑いながらも対応し得た柔軟性のある少年使節たち、帰国後に新しい文物・技術をもたらして後世に伝える役割を果たしたことなどがドキュメンタリータッチで描かれた歴史小説である。

嵐に弄ばれた少年たち　「天正遣欧使節」の実像

伊東　祐朔・著

A5判　204頁　並製本
定価　一二〇〇円(税込)
ISBN978-4-907915-04-9

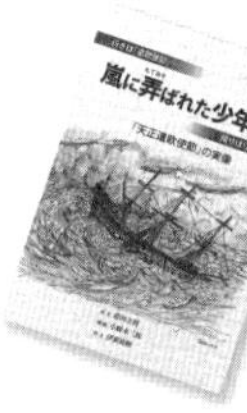

＊地方小出版流通センター取扱い
(資)垂井日之出印刷所
電　話　〇五八四-二三-二二四〇
ＦＡＸ　〇五八四-二三-三八三二
〒五〇三-二一一二
岐阜県不破郡垂井町綾戸一〇九八-一
までお申し込みください。

郵便振替　〇〇八二〇-〇-〇九三二四九
(加入者名・垂井日之出印刷)
代金引換　日本郵便代金引換を利用します。
代引き手数料一律三二四円(税込)をご負担願います。

続いて読みたい本

日本のあだ討ち物語の代表作、歌舞伎の助六で有名な「曽我物語」、歌舞伎は知られていますが、その物語の真実は知られていません。　著者は自分の祖先を探ると、伊豆の伊東に辿り着きました。そして伊東家の悲しい争いが、「曽我物語」だったのです。世は鎌倉、頼朝の時代にあった出来事に、読者は驚きます。

子孫が語る「曽我物語」

伊東　祐朔・著

A5判　148頁　並製本
定価　一二〇〇円(税込)
ISBN978-4-907915-07-0

＊地方小出版流通センター取扱い
(資)垂井日之出印刷所
電　話　〇五八四-二二-二一四〇
FAX　〇五八四-二三-三八三二
〒五〇三-二一一二
岐阜県不破郡垂井町綾戸一〇九八-一
までお申し込みください。

郵便振替　〇〇八二〇-〇-〇九三二四九
(加入者名・垂井日之出印刷)
代金引換　日本郵便代金引換を利用します。
代引き手数料一律三二四円(税込)を
ご負担願います。

アリランの青い鳥（改訂版）

遠藤 公男 著

韓国の「鳥の父」と呼ばれる元ピョンオ慶熙大学名誉教授は、現在の北朝鮮の出身だが、朝鮮戦争で父子は生き別れになり、元ピョンオ名誉教授は韓国に逃れて鳥研究に打ち込んだ。それは父親の元洪九さんが鳥類学者であったためでもある。1964年、足輪をつけたムクドリを北朝鮮に向けて放し、この鳥を父が偶然発見した。その後、日本とロシアの研究者を介してお互いに無事を確認した逸話は、あまりにも有名だ。「アリランの青い鳥は」その実話を分かりやすく物語にしたノンフィクションである。

朝鮮半島に、このような悲劇がつづいていることを
世界中の人に知ってほしい。　　　　　著者

推薦

渡り鳥に国境はない。鳥はビザもパスポートももたずに、いくつもの国を越えて移動する。その渡りの過程で、鳥は遠く離れた国や地域の自然と自然をつないでいる。と同時に、人と人をもつないでいる。「アリランの青い鳥」は実際に、北と南に引き裂かれ、会うことのかなわない親子をつないだのだった。読んだ人は涙を流さずにはいられない。

樋口広芳（東京大学名誉教授）

「アリランの青い鳥（改定版）」

著者：遠藤公男

定価 1143 円＋税　（8％税では 1234 円）

ご注文は、アマゾンまたは（資）垂井日之出印刷所へ直接お申し込みください。

（資）垂井日之出印刷所　　岐阜県不破郡垂井町綾戸 1098-1
TEL 0584-22-2140　FAX 0584-23-3832
メール hinode@t-hinode.co.jp

単行本：206 頁
出版者：（資）垂井日之出印刷所　　1 版（2013/12/1）
言　語：日本語
ISBN-10：990363970
ISBN-13：978-490363970
発売日：2013 年 12 月 1 日
本のサイズ：20.8 × 14.8 × 1.1cm

かーわいーい　My Dear Children

発達障がいの子どもたちと…特別支援学校の日々

近藤 博仁 著

ウクレレ片手に親父ギャグを連発する教室。怒っていた子どもがいい顔に変わる。障がいのある子と関わる人、それ以外の方にも読んでいただきたい一冊。

定価 1143 円＋税
単行本
出版者：(資)垂井日之出印刷所
ISBN：978-4-9903639-5-6
発売日：2013 年 3 月 25 日
Ａ５判　192 頁

私の出会った子どもたち

人として、ともに生きる

松井 和子 著

障害児教育の現場で出会った子どもたちが教育によって成長発達する様子を紹介し、自然・生活環境の変化がもたらすものについて考えた本。ドイツの障がい児教育も紹介している。

人がひととして生まれ育ち、地域の一員としてともに生きること。そして、生まれ来る未来のいのちに思いを馳せ、そのいのちを傷つけるものを問い、教育とは医療とは何かを考えた書です。

定価 1389 円＋税
単行本
出版者：(資)垂井日之出印刷所
ISBN：978-4-907915-01-8
発売日：2014 年 11 月 10 日
変形Ａ５判　128 頁